# 可不知的
# 幻名著

Wuchubuzai de Kexue Congshu

BUKEBUZHI DE KEHUAN MINGZHU

（最新版）

本丛书编委会◎编
吕 宁 王 玮◎编著

科学早已渗入我们的日常生活，并无时无刻不在影响和改变着我们的生活。无论是仰望星空、俯视大地，还是近观我们周遭咫尺器物，处处都可以发现科学原理蕴于其中。

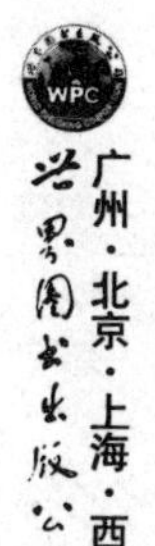

世界图书出版公司
广州·北京·上海·西安

**图书在版编目（CIP）数据**

不可不知的科幻名著 /《无处不在的科学丛书》编委会编著 . —广州 ：广东世界图书出版公司，2009．12（2024.2 重印）
（无处不在的科学丛书）
ISBN 978 – 7 – 5100 – 1449 – 9

Ⅰ. ①不… Ⅱ. ①无… Ⅲ. ①科学幻想 – 著作 – 简介 – 世界 Ⅳ. ①Z835

中国版本图书馆 CIP 数据核字（2009）第 217447 号

---

| | |
|---|---|
| 书　　名 | 不可不知的科幻名著<br>BUKE BUZHI DE KEHUAN MINGZHU |
| 编　　者 | 《无处不在的科学丛书》编委会 |
| 责任编辑 | 张梦婕 |
| 装帧设计 | 三棵树设计工作组 |
| 出版发行 | 世界图书出版有限公司　世界图书出版广东有限公司 |
| 地　　址 | 广州市海珠区新港西路大江冲 25 号 |
| 邮　　编 | 510300 |
| 电　　话 | 020-84452179 |
| 网　　址 | http://www.gdst.com.cn |
| 邮　　箱 | wpc_gdst@163.com |
| 经　　销 | 新华书店 |
| 印　　刷 | 唐山富达印务有限公司 |
| 开　　本 | 787mm × 1092mm　1/16 |
| 印　　张 | 13 |
| 字　　数 | 160 千字 |
| 版　　次 | 2009 年 12 月第 1 版　2024 年 2 月第 7 次印刷 |
| 国际书号 | ISBN　978-7-5100-1449-9 |
| 定　　价 | 49.80 元 |

---

# 光辉书房新知文库
# “无处不在的科学”丛书编委会

“光辉书房新知文库”

总策划/总主编:石　恢

副总主编:王利群　方　圆

**本书作者**

栾　鸥　朱林勇

# 序：生活处处有科学

提起“科学”，不少人可能会认为它是科学家的专利，普通人只能“可望而不可及”。其实。科学并不高深莫测，科学早已渗入到我们的日常生活，并无时无刻不在影响和改变着我们的生活。无论是仰望星空、俯视脚下的大地，还是近观我们周遭咫尺器物，都处处可以发现有科学之原理蕴于其中。即使是一些司空见惯的现象，其中也往往蕴含深奥的科学知识。

科学史上的许多大发明大发现，也都是从微不足道的小现象中深发而来：牛顿从苹果落地撩起万有引力的神秘面纱；魏格纳从墙上地图揭示海陆分布的形成；阿基米德从洗澡时溢水现象中获得了研究浮力与密度问题的启发；瓦特从烧开水的水壶冒出的白雾中获得了改进蒸汽机性能的想象；而大名鼎鼎的科学家伽利略从观察吊灯的晃动，从而发现了钟摆的等时性……

所以说，科学就在你我身边。一位哲人曾说：“我们身边并不是缺少创新的事物，而是缺少发现可创新的眼睛”。只要我们具备了一双“慧眼”，就会发现在我们的生活中科学真是无处不在。

然而，在课堂上，在书本上，科学不时被一大堆公式和符号所掩盖，难免让人觉得枯燥和乏味，科学的光芒被掩盖，有趣的科学失去了它应有的魅力。

常言道，兴趣是最好的老师，只有培养起同学们从小的科学兴趣，才能激发他们探索未知科学世界的热忱和勇气。拨开科学光芒下的迷雾，让同学们了解身边的科学，爱上科学，我们特为此精心编写了这套“无处不在的科学”丛书。

该丛书共包括11个分册，它们分别是：《生活中的科学》《游戏中的科学》《成语中的科学》《故事中的科学》《魔术中的原理》《无处不在的数学》《无处不在的物理》《无处不在的化学》《不可不知的科学名著》《不可不知的科普名著》《不可不知的科幻名著》等。

在编写时，我们尽量从生活中的现象出发，通过科学的阐述，又回归于日常生活。从白炽灯、自行车、电话这些平常的事情写起，从身边非常熟悉的东西展开视角，让同学们充分认识：生活处处皆学问，现代生活处处有科技。

今天，人类已经进入了新的知识经济时代，青少年朋友是21世纪的栋梁，是国家的未来，民族的希望，学好科学是时代赋予他们的神圣使命。我们希望这套丛书能够激发同学们学习科学的兴趣，打消他们对科学隔阂疏离的态度，树立起正确的科学观，为学好科学，用好科学打下坚实的基础！

本丛书编委会

C O N T E N T S

引言…… 1

1.《科学怪人》…… 3

2.《未来的故事》…… 9

3.《水陆两栖人》…… 14

4.《地心游记》、《从地球到月球》和《海底两万里》…… 21

5.《化身博士》…… 35

6.《鲵鱼之乱》…… 42

7.《2001:太空漫游》…… 49

8.《被毁灭的人》…… 56

9.《钢窟》…… 63

10.《发条橙》…… 71

11.《美妙的新世界》…… 78

12.《我们》…… 89

13.《时间机器》…… 97

14.《丛林温室》…… 104

15.《银河系漫游指南》…… 112

16.《深渊上的火》 …… 120

17.《猫城记》 …… 129

18.《城堡里的男人》 …… 136

19.《月亮孩子》 …… 144

20.《地球杀场》 …… 151

21.《索拉里斯星》 …… 160

22.《侏罗纪公园》 …… 167

23.《卫斯理》科幻小说系列 …… 176

24.《安德的游戏》 …… 183

25.《美国众神》 …… 193

# 引　言

## 梦想之旅

我们所处的世界正经历着前所未有的变化,科学技术日新月异的发展,特别是生命科学和大众传媒的变革,正改变着传统的社会结构和人类的道德伦理观念。从肯定走向未知,从一元走向多元,那些所谓的遥不可攀的梦想,也变得触手可及。人们的思维方式和心理也随着物质世界的改变而改变了。伴随着对未来的渴望和惶惑,人类开始以科学的头脑思考未来。为了探索和思考人类的未来,科幻小说应运而生。科幻小说并不只是为我们描绘了令人惊叹的未来旅程,而且在普及科学知识、扩展科学思维、开发想象力和创造力、发展社会生产力方面都有着深远的影响。

在欧美国家,科幻小说出现于产业革命后。"科幻小说"(science-fiction)最初被译为"科学小说",后来逐渐成为"科幻小说"。在西方,"科幻小说"这个说法,是从20世纪30年代开始流行的。对于"科幻小说"的定义,人们一直争论不休。因为它本身就是随着时代的发展而发展的,是个动态的概念,正因为如此,科幻小说才充满了诱人的活力。

科幻小说强调的是一种科学世界观,注重社会和科技的发展,并利用敏锐的思维和洞察力描写在这个过程中可能出现的各种变化和问题，探索这些发展给人类社会带来的后果。

科幻小说作家也并不只是凭空的发挥想象力和创造力，只是想以瑰奇的故事吸引读者的注意，而是怀着一种人文关怀，对人类未来的关切，对人类的爱，在进行着创作。也只有这样的作品，才能在读者中引起共鸣，经久不衰。为了纪念这些作家所做出的贡献，大众设立了很多的奖项对他们进行表彰。其中最著名的有两个，即雨果奖和星云奖。

本书中选取的作品，大部分都是获得雨果奖或星云奖的，有的获得了双料奖项，甚至多次获奖。它们都是经典的科幻作品。由于篇幅有限，不可能囊括所有的经典之作，只能割爱后挑出这些作品。我们，只是打开了科幻世界的一扇门，其中的瑰丽和神奇，还要读者朋友自己去领略和欣赏。

# 1.《科学怪人》

☞ 作者:[英]玛丽·雪莱,保琳·弗兰西斯改编

☞ 译者:王晶,杨永霞

☞推荐版本:青岛出版社 2008 年版

玛丽·雪莱(1797~1851),英国著名小说家,英国著名浪漫主义诗人珀西·雪莱的第二任妻子。因其 1818 年创作出文学史上第一部科幻小说《弗兰肯斯坦》(或译《科学怪人》),而被世人誉为"科幻小说之母"。

玛丽·雪莱

《科学怪人》,除科幻色彩浓郁外,作品中既有浪漫气氛,又有深切的人文关怀,更有令人毛骨悚然的恐怖因素,因而被誉为"有史以来最伟大的恐怖作品之一"。对于一个 20 岁的女性作者,这无疑是一个非凡成就。这部作品为玛丽赢得了极高的声誉。

玛丽的另一项贡献,就是为亡夫编印遗作。雪莱死后,留下不少迄未发表的作品,那首五百多行的未完成长诗《生之凯旋》就是一例。1824 年,她出版了《雪莱诗遗作》,1839 年,又发行一套《雪莱诗集》。

玛丽·雪莱的主要科幻作品除了《科学怪人》(1818)之外，还有一部《最后一个人》(1826)。1851年，她去世后，由别人整理出版了她的《故事集》。此外，她还写有纯文学小说若干。

主人公弗兰肯斯坦是一位从事生命科学研究的瑞士学者，他企图以自己扮演造物者的角色，用人工创造出生命来。在他的实验室里，他用许多男子的尸体的部分，拼凑出了一个相貌英俊、体格健壮的“完人”。通过无数次的探索，只等着激活他的“作品”。一天夜里，弗兰肯斯坦终于引来雷电激活了作品，但由于电击，使得作品的皮肤发生了变化，由“完人”变成了一个面目可憎，奇丑无比的怪物。怪物虽面容丑陋，但内心纯洁。弗兰肯斯坦看见作品的丑陋模样，内心深感厌恶及恐惧。成功完成的作品却和脑海里想象的形象背道而驰，他无法接受眼前的现实，赶走了怪物。

怪物只得逃进森林。人们见到怪物总是尖叫逃跑。怪物伤心极了。有天，他在山坳中发现了一个窝棚。里面住着一个盲老头和他的儿女。怪物常常暗中帮助他们，并趁盲老头自己在家时，与他攀谈。但被老头的子女发现，将怪物赶走。

有一天，怪物正在睡觉，被呼救的声音惊醒，发现有个落水的男孩。于是跳下水去救了他，并想带走男孩，和他一起生活。谁知男孩竟十分厌恶他，愤怒之余，怪物杀死了男孩，并嫁祸于人。

不久，怪物对自己的所为开始后悔，于是找到了弗兰肯斯坦忏悔，并希望弗兰肯斯坦给予他人生的种种平等权利，即要求为他创造一个配偶。弗兰肯斯坦被怪物的叙述感动，答应了他的要求。

但弗兰肯斯坦心中也十分矛盾，因为他无法确定制造出的女怪物会

是什么样子的。如果是个残暴的嗜血之徒，两个怪物在一起就会是一场灾难。若他们再繁衍出子女，那对人类来说，就会是一场浩劫。于是，弗兰肯斯坦毁灭了即将完工的女怪物。怪物知道后，伤心至极，性情大变。他逐渐开始憎恨一切，继而想毁灭一切。他相继杀害了弗兰肯斯坦的亲人。

《科学怪人》中文版封面

弗兰肯斯坦悲愤至极，满腔怒火，四处追捕他所创造的恶魔般的怪物，追到了北极，但却一直没有追上。筋疲力尽之时，他被一艘去北极探险的英国船所救。弗兰肯斯坦向船长叙述了自己的遭遇，最终力竭而死。

怪物也感到生活无望，跳进冰海，自杀而死。

1816 年的某日，拜伦、雪莱、玛丽和巴利多里在日内瓦夜谈兴起，拜伦提议大家各写一篇神怪幻想小说。于是四人动笔。但最后三位男士都没有完成，只有玛丽坚持下去，竟然写成了传世名著《科学怪人》。

它被称为西方文学中的第一部“科学幻想小说”，它本身属于哥特小说，受到了浪漫主义的影响。但它也深刻地影响了后世科幻小说的创作。有部分学者视它为恐怖小说或科幻小说的起源。自问世以来，已多次被改编、拍摄成影片。托马斯·爱迪生的公司曾于 1910 年首先制作了电影《科学怪人》，但并没有引起强烈的反响。直到 1931 年詹姆斯·惠尔执导

的《科学怪人》上映，它才成为了经典恐怖影片。

《科学怪人》体现了哥特式小说和感伤主义文学的特点。哥特式小说因故事情节多以荒凉、幽暗的哥特式古堡(18 世纪英国的一种建筑风格)为背景而得名。作品通常表现了对中世纪生活的向往，夹杂着恐怖、暴力和神怪传说；内容充满悬念，常以悲剧结尾。

科学怪人是由弗兰肯斯坦用尸体拼凑成的违反大自然生命法则的人形怪物，弗兰肯斯坦妄图担任造物者的角色，自己创造生命，野心蒙蔽了他的头脑，无法估量出背离自然界规律的危险后果。科学怪人成为人类对不可知的世界的追求和成为主宰世界的欲望的象征。在这追求的过程中，人类有可能成功也可能付出惨痛的代价。很多学者将人造人与“上帝造人”相联系，从而引发了关于科学技术的负面影响、科学技术与伦理道德的关系、科学研究的终极目的、科学家的社会责任等重要哲学命题的讨论。

作品在字里行间都表现出了阴郁而伤感的情感，透露出了作者对科技的疑虑。作品中对天气的描写，实际上就是作者心情和思想的映射。

## 山中死亡

我不敢返回住处。天空漆黑一片，大雨倾盆。我深一脚浅一脚，一直走到第二天早上，浑身淋得湿透。一辆马车停在附近的一家餐馆外面。令我吃惊的是，车上下来的居然是我上学时的好友亨利·克莱沃。他看见我就径直走了过来。

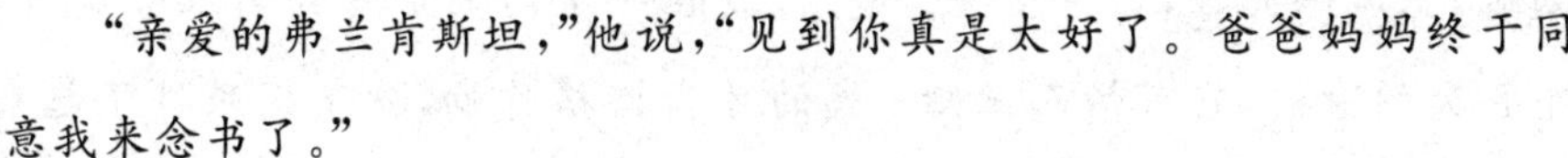

“亲爱的弗兰肯斯坦，”他说，“见到你真是太好了。爸爸妈妈终于同意我来念书了。”

他突然闭上嘴凝视着我。

“你的脸色看上去这么苍白，像是病了一样。”他说。

他想去我的住处，我无法拒绝。我简直不知道自己在做什么。快到家的时候，我战栗了起来。那个可怕的怪物还活着吗？

“等等！”在楼梯口，我对亨利说。

我跑到楼上的实验室，哆哆嗦嗦地打开门。里面会是什么样的恐怖景象？

房间里空空如也。

和亨利一起吃早饭时，我坐立不安，对自己所做的事情充满恐惧。“那个怪物一定会跟着我。”我一遍又一遍地这样想着，最后竟吓得紧紧抓住亨利哭了起来，“救救我，救救我吧！”随即我倒在地上不省人事。

我病了很长一段时间。差不多两年以后，我才摆脱了这种恐惧，回到日内瓦的家中。在启程前一天，我收到了父亲的一封信。读完后，我把信扔在桌子上，用双手捂住了脸。

“亲爱的弗兰肯斯坦，”亨利说，“发生了什么事？”

“我亲爱的小弟弟威廉被人谋杀了。是在山上被人掐死的。”我用力喘了口气，“他当时正在和欧内斯特捉迷藏。”

我哭了。

“可怜的威廉，”亨利难过地说道，“多么可爱的孩子！现在他跟他天使一般的母亲一起安息了。维克多，你怎么办呢？”

“叫马车。”我跟他说，“我马上回日内瓦。”

快要到家的时候，我决定在威廉被杀的地方停下来。雷电从山顶上划过，暴风雨大作，雷声隆隆。突然，我在一道闪电中看到树木旁边有一个巨大的身影，它可怕而丑陋。我的牙齿格格作响，身子剧烈抖了起来。正是我创造的怪物。我看着它爬上山顶，然后消失得无影无踪。

整个晚上我都待在山上，绝望到了极点。我怎么能把生命赋予这样一个杀了我所珍爱的人的怪物呢？我已确信他是凶手。早上我回到家里，和悲伤的家人抱头痛哭。

“至少凶手已经被抓住了。”欧内斯特告诉我。

“不，这不可能。”我回答，“昨天晚上我还在山上看见过那个男人。”

“男人？”弟弟问，“贾丝汀杀了威廉。她口袋里装着妈妈的画像。威廉死时就戴着这副画像。”

欧内斯特开始哭泣。

“她怎么能这么做呢？”他哭着说，“威廉还是个婴儿的时候，她就开始照看他了呀！”

“你们都错了。”我说，“我认识凶手。贾丝汀是无辜的。”

可是第二天在经过简短的审讯后，贾丝汀被判处死刑，接着就被处死了。我看到家人在她的墓前流下了眼泪。她和威廉成为我个人成功的头两个牺牲品。

# 2.《未来的故事》

☞ 作者:[美]埃德加·爱伦·坡

☞ 译者:曹明伦

☞推荐版本:《爱伦·坡作品精选(插图本)》,长江文艺出版社 2007 年版

## 作者简介

爱伦坡

埃德加·爱伦·坡(1809~1849),19 世纪美国诗人、小说家和文学评论家,被誉为科幻小说的先驱之一、恐怖小说大师、象征主义的先驱之一,唯美主义者。虽然在他的六七十篇短篇小说中,只有四五篇推理小说,但举世公认他为推理小说的鼻祖。

爱伦·坡是欧洲和美国文学史上一位非常重要的人物,在科幻小说的发展中,有着重要影响。他神经敏感、嗜酒成性,一生富有悲剧色彩。他的作品风格独特,语言优美,形式精致,内容多样。他对文学的贡献在于他只专注于创造行为本身,没有其他目的,正如他所说:“自己的作品绝大部分都是深思熟虑的苦心经营”“一切艺术的目的是娱乐,不是真理”。在爱伦·坡的小说中,没有道德的说教,他追求的是一种单一的效果,并使所有的东西都为这种效果的产生服务。

他长期担任报刊编辑工作，在诗歌、小说、散文和文学评论上都是一位杰出的作家。诗歌有《致奥克塔维娅》、《最快乐的日子》等；小说有《金甲虫》、《泄密的心》、《黑猫》等；戏剧有《波利希安》选场（一至五场未完）；随笔与评论有《装饰的哲学》、《写作的哲学》等；散文《我发现了》等。

故事在一个气球上开始。主人公正坐在一直时速一百英里左右的气球上航行。由于旅途百无聊赖，他开始给自己的朋友写信。

在这个充斥着气球的世界里，气球代替了飞机成为人们主要的空中旅行工具，而且，也同样会发生空难事故；电报可以穿越大海传递，小磁力船可以用来管理浮动电报电缆；战争和瘟疫可以消除个体，对整体有利，从而不再被称作灾难；只要把气球上升或下降到合适的高度，就可以在空中任意飞行；以现象，而不是本体，为基础的体系受到了人们的高度崇拜；我们所熟知的真理被推翻，如"无中不可生有""黑暗不可能出自光明"；崇尚"完美无瑕的一致性必然是真理"；共和政府被认为是卑鄙无耻的；民主不过是对于犬鼠来说的一种高尚的政府形式；织女星与太阳之间是双星关系；建造教堂被认为是只有偏执狂才会去做的事，而里面供奉的也不过是"财富"和"时髦"；乔治·华盛顿的纪念碑被挖出，而他们已经完全忘记了此人是谁，等等。

未来的人与现在的我们是如此的不一致，以至于我们认为是真理的东西，他们认为是谬误；我们以为不可能的事情，他们却觉得平常之极；我们并没有作为祖先而被记入史册，相反，我们不仅被彻底的遗忘，我们的思想也被他们混淆和曲解了。

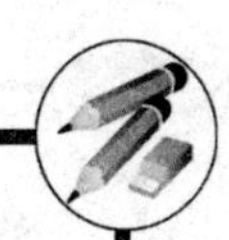

《未来的故事》可能是关于未来的第一部小说。虽然里面没有性能优良的星际战舰;没有飞速驰骋的宇宙飞船;没有长相英俊,武艺高强的武士;没有形形色色的外星生物。但小说里有飞来飞去的气球,有对思想和概念新的理解,有新技术的应用,并且为我们提供了这样的一种可能:只要能想到的,就一定会实现。所以,它虽然不像现代小说那样华丽炫目,却依然是一部想象力丰富,非常吸引人的科幻小说。

小说推翻了很多我们现在认为是真理的教条,也实现了很多我们现在实现不了梦想,同样给我们这样一种暗示:即使我们是未来人类的祖先,却也一样会被遗忘。我们并不会由于自己的早生而被铭刻在碑文上。即使是刻在了石碑上,也一样会被遗忘。我们的智慧与知识,与未来的人类的智慧与知识,差异是如此的大,以至于很难互相理解,甚至会发生理解上的混乱。

虽然不能肯定地说,《未来的故事》就是关于未来的开山之作,但可以肯定地说,它对以后的科幻小说都产生了重要的影响,比如气球、磁力船、获得真理的方法、无中生有、世间存在着恰恰相反之物。这些东西能够如此频繁地出现在现代的科幻电影和小说中,不能不说后来的作家,深受爱伦·坡的影响。

就我而言,我只能说我宁愿乘坐时速一百英里的慢车旅行。那儿我们可以有玻璃车窗——甚至可以把它们打开——还可以清楚地看见乡间

的景色……庞狄特说早在大约九百年前加拿多大铁路的路线就肯定以某种方式规划出来了！实际上他竟然还宣称，有一条铁路的痕迹现在还辨认得出——那是前面提到的那个遥远年代有关的痕迹。看起来，这条铁路只有两条轨道；而你知道，我们的铁路有十二条轨道；还有三四条新轨正在建设之中。古代的铁轨很细，而且互相靠得非常之近，按照现代观念来看，这即使不是非常危险，也是极其草率的。如今的轨距有五十英尺，实际上还是被认为不够安全。就我而言，我毫不怀疑正如庞狄特所说的那样，在非常遥远的古代一定存在过某种类型的铁路；因为对我来说这再清楚不过了，在某一个时期——当然在至少七百年以前——南北加拿多大陆是连在一起的，因此加拿多人必然会建造一条横贯大陆的大铁路。

4月5日——我快给无聊吞没了。庞狄特是气球上唯一可交谈的人；而他，这可怜的人光会谈陈年旧事。他花了一整天时间试图让我相信，古代美国人自己管理自己！——有谁听说过这样荒唐的事？——他们按照我们在寓言里读到的"草原犬鼠"的方式生活在一种人人为自己的联邦内。他说他们是从你所能想象的最古怪的念头开始的，即：所有的人生来都是自由平等的——这公然违背如此清晰地铭刻在精神和物质世界一切事物之上的等级法则。按他们的说法，每个人都"投票"——也就是说干预公共事物——直到最后却发现所谓每个人的事也就是没人去管的事，所谓"共和政体"（这种荒谬的东西就是这么称呼的）也就是根本没有政府。然而，据说第一件使那些创造了这种"共和政体"的洋洋自得的哲学家不安的事，恰恰就是他们惊恐地发现，全民投票给了阴谋诡计以可乘之机，任何一个政党只要堕落得不以欺诈为耻，就可以在任何时候得到任何数量的选票，这根本不能阻止，甚至不司能被发觉。稍稍想一想这个发现，其后果就昭然若揭，流氓恶棍必然取胜——一句话，任何一个共和政

府都必然是卑鄙无耻的政府。可正当哲学家们为自己愚蠢到没能预见这些不可避免的罪恶而脸红,并立志要创立新的理论时,有一个名叫乌合之众的家伙突然使事情有了个结。他把一切都抓到手里,建立了一种独裁统治。相比之下,传说中的暴君杰禄与赫罗法格巴路斯就显得可敬可爱了! 据说这个乌合之众(顺便说一下,他是个外国人)是满世界的人中最令人作呕的一个。他是个傲慢、贪婪、肮脏的巨人,有着小公牛的胆、鬣狗的心和孔雀的脑袋。最后他死于精力衰竭。不过,无论他多么卑鄙无耻,和任何事物一样,他也自有他的用处,那就是给人类上了至今仍然不能忘怀的一课——千万不要直接违背自然界的类比法则。就共和政体而言,地球表面绝对找不到它的类似之物——除非我们把"草原犬鼠"的情况算作一个例外,如果这个例外表明了什么,那就是民主乃一种高尚的政府形式——对犬鼠而言。

# 3.《水陆两栖人》

☞ 作者:[前苏联]亚历山大·别利亚耶夫

☞ 译者:孟庆枢,善诚

☞推荐版本:《别利亚耶夫科幻小说系列(第一集)》科学普及出版社2001年版

亚历山大·别利亚耶夫(1884~1942),出生于俄罗斯闭塞的外省城市斯摩棱斯克。由于城市的偏僻,更激发了他的想象力。他从小就喜欢幻想,是儒勒·凡尔纳和威尔斯的忠实读者。

亚历山大·别利亚耶夫

由于心中一直有着可以飞上天的梦想,童年的别利亚耶夫有一天爬上了房顶,结果摔成了重伤,虽然后来康复,却为他后来的瘫痪埋下了伏笔。

1925年,他在《全世界追踪者》上发表了第一篇长篇科幻小说《陶威尔教授的头颅》,大获成功。后又陆续发表了很多短篇科幻小说。从1925年至逝世,共创作了17篇长篇,几十篇中短篇科幻小说,还有一大批写实的札记。他的主要作品有《水陆两栖人》(1928),《世界主宰》(1929),《跃入苍穹》(1933),《太空飞船》(1935),《康采星》(1939),《飞人

阿里埃尔》(1941)等。

《陶威尔教授的头颅》中文版封面

别利亚耶夫的小说题材广泛，内容丰富，在进行大胆想象的同时还形象地传播了科学知识，在东欧国家享有盛誉，是前苏联科幻小说的奠基人，也是和儒勒·凡尔纳、威尔斯齐名并肩的科幻大师。

阿根廷夏夜的海边，受雇于彼得罗·佐利达的采珠工人在夜晚听见了奇怪的叫喊，后来还发现渔网被割破。巴里达札尔是经验丰富的印第安采珠人，他也受雇于佐利达。鉴于几次的诡异事件，大家都怀疑是传说中的海魔所为。正在人们猜测的时候，海魔又带着海豚突然出现在人们面前，引起了人群的恐慌。为了捉到海魔为自己采摘珍珠，佐利达和巴里达札尔定下计策，准备用渔网捕捉海魔。不料被海魔挣脱，从此不见踪

迹。佐利达和巴里达札尔下潜到水底，发现了一个洞穴，二人觉得这就是海魔的入海口。但由于门口有铁门封住，二人不得其门而入，无功而返。经过调查，二人发现洞穴的另一个出口在著名的医生萨尔瓦多家。萨尔瓦多是个非常有才能的医生，任何疾病到他手中都能药到病除。

《水陆两栖人》中文版封面

为了探听海魔的下落，佐利达装作病人求见萨尔瓦多，却被拒绝。佐利达、巴里达札尔和巴里达札尔的兄弟克里斯多定下计策，潜入萨尔瓦多的家。克里斯多带着一个病弱的小女孩，佯装女孩的亲戚，终于进入萨尔瓦多的家中。女孩病愈后，为了报答萨尔瓦多，克里斯多自愿为仆，在萨尔瓦多家住了下来。

后来发现，萨尔瓦多家满是奇禽异兽。为了获得萨尔瓦多的信任，尽快捉住海魔，佐利达、巴里达札尔和克里斯多三人在萨尔瓦多去安第斯山旅行的途中，与土匪勾结，劫持了萨尔瓦多。克里斯多假装杀死了土匪，获得了萨尔瓦多的信任。终于见到了海魔。

原来，他是一个长着鱼一样的鳃的水陆两栖人，名叫伊赫利安德尔。无论是在陆地上，还是在水中，他都能舒适的生活。但由于伊赫利安德尔有一次长时间的在陆地上逗留，伤到了肺，所以以后只能更加依赖海洋。

伊赫利安德尔偶然在海中救起了一个叫古绮爱莱的姑娘，深深地爱上了她。谁料古绮爱莱竟是巴里达札尔的养女。克里斯多以古绮爱莱为饵，诱骗伊赫利安德尔跑到陆地上。

一个夜晚，伊赫利安德尔看见奥列仙与古绮爱莱在海边摆弄一个珍珠项链，古绮爱莱不慎将其掉入海中。伊赫利安德尔将它捡起，还给古绮

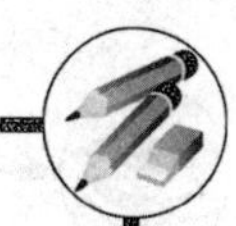

爱莱。从此二人相识，夜里便在海边谈心，约会。

佐利达也看上了古绮爱莱，欲娶其为妻，古绮爱莱一直没有答应。

为了救自己的海豚伙伴，伊赫利安德尔被水手所伤。克里斯多发现了他脖子处的胎记，认定他是哥哥巴里达札尔已经死去的儿子。

佐利达逼两个印第安人尽快捉到海魔，克里斯多却有着自己的打算。伊赫利安德尔误会了古绮爱莱和奥列仙的关系，痛苦得呼吸困难，转身跳入海中。古绮爱莱却以为他跳海自杀，从而心灰意冷，嫁给了佐利达。伊赫利安德尔从奥列仙处惊闻此信，决定去找古绮爱莱，却在佐利达的家中被其所捉，从此沦为采珠奴隶。佐利达利欲熏心，命令伊赫利安德尔到沉船上去打捞金银珠宝。伊赫利安德尔看到满船的死尸，大受刺激，没有完成任务。

巴里达札尔得知伊赫利安德尔是自己的儿子，与萨尔瓦多、克里斯多一起去搭救伊赫利安德尔。

为了夺回儿子，巴里达札尔决定起诉萨尔瓦多。法官在主教的唆使下，认为萨尔瓦多不仅随意改变了人的身体结构，甚至还犯了渎神罪。伊赫利安德尔也要作为渎神的证据被毁灭。

萨尔瓦多在法庭上嘲笑了主教和法官的无知和浅薄。由于他在狱中救了狱长的妻子，狱长帮助伊赫利安德尔从狱中逃了出来，游向大海，从此消失。

古绮爱莱无法忍受佐利达的暴戾，与之离婚，后与奥列仙结婚离开了阿根廷；萨尔瓦多出狱后继续他的科学研究。

《水陆两栖人》是别利亚耶夫的成名之作，这部作品不仅胜在其生动

的情节，奇特的想象，高超的写作手法，更重要的是从中体现出的人文关怀和哲学思考。这些思考是建立在自然科学和社会科学基础之上的，是对人类历史进程的深刻反思。别利亚耶夫在善与恶，黑暗和进步等一系列问题上进行了哲学性的思辨思考。比如，我们掌握了强大的武器以后，应该怎样走？怎样才能更好地发展自身？怎样才能正确地使用科技，而不受私心的控制？不论人类如何进步，科技如何发展，都不能偏离正确的道路。否则，这个世界，将不再是人类的世界。

别利亚耶夫的科幻小说并不是凭空的臆想，而是有着坚实的科学基础的，这使他的小说更加地真实可信。别利亚耶夫曾明确表示："苏联科学幻想作品的社会作用也应该具有确切的科学基础，如同其他科学技术领域一样"。比如《水陆两栖人》中的医生，他对普通人实行器官移植，使他成为两栖人（我们的医学虽然现在还不能做到这一点，但器官移植对我们来说，却并不陌生）。

别利亚耶夫的作品具有极强的穿透力，又发人深省，他在作品中所体现出的真诚、善良和美好，动人心弦，感人至深。这也是他的作品经久不衰，魅力永存的原因。

萨里瓦托尔教授朝主教望了一眼。

"您一手制造出这件诉讼案，在这个案件中，上帝以受害者身份无形地参加原告一边，而被告席上，查理·达尔文以被告人身份和我在一起。也许，我的活使这个大厅里在座的某些人再一次感到不痛快，但是我仍然要肯定地说，动物的身体，甚至人的身体也并不是完美无缺的，所以需要修改，我希望，在这个大厅里的大教堂主持——胡安·德·哈尔西拉索主

教证实这一点。"

这些话使大厅里所有的人都感到惊异。

"一九一五年,在我出发到前线去以前不久,"萨里瓦托尔接下去说,"我曾经在敬爱的主教的身体里做过小小的修改,替他割掉阑尾这件用不着的、有害的盲肠附属物。我记得,我的宗教界病人躺在手术台上的时候,并不反对我用刀割去主教身体一小部分所造成的那种对上帝的形象和样式的毁损。难道没有这件事吗?"萨里瓦托尔凝神地望着主教问道。

胡安·德·哈尔西拉索一动不动地坐着。只有他那苍白的脸颊隐隐约约现出粉红色,纤细的手指微微发抖。

"当我还是私人开业行医,做返老还童手术的时候,不是有过另一桩事件吗:请求我做返老还童手术的不是有可敬的检察长先生奥古斯多·德。"

检察长听了这些话,本来要提出抗议,但是他的话被群众的笑声掩盖了。

"我请您不要离开本题。"院长严肃地说。

"对法庭提出这个请求倒适宜得多,"萨里瓦托尔答。"这样子提问题的并不是我,而是法庭。说所有在此地的人昨天都是猿,甚至是鱼,因为他们的鳃状物变成了语言器官和听觉器官,才会讲会听,难道此地没有人被这个思想吓着的吗?唔,如果说不是猿,不是鱼,那就它们的后代。"接着,萨里瓦托尔转身向那露出不耐烦神色的检察长说:"放心吧!我并不打算在这儿跟人争辩或者讲进化论。"停顿了一下,萨里瓦托尔说:"不幸的倒并不是人从动物演化而来,而是人仍然是动物……粗野、狠恶、没有理性。我那位科学界同人白白吓唬了你们。他本来可以不必谈到胚胎发育。我即没有采取影响胚胎的方法,也没有采用使动物异种交配的方去。

我是外科医生。我唯一的武器是刀子。作为一个外科医生,我必须帮助人们,治疗他们。替病人做手术的时候,我需要经常移植组织、器官、腺体,为了改善这种方法,我在动物身上做移植组织的试验。

"我长时间地在我的实验室内观察着做过手术的动物,力图查明和研究清楚:器官被移植到新的,有时甚至是不寻常的地方以后,会发生什么情况。我观察完了,就把动物迁移到花园里。这样,我便建立起这个博物馆式的花园。我特别热衷于远种类间的动物交换组织和移植组织问题,比方说,把鱼类的组织移植到哺乳类动物身上,或者把哺乳类动物的组织移植到鱼类身上。在这方面…我做到了科学家们认为根本不可想象的事情。这有什么奇特的地方呢?我今天办得到的,明天普通的外科医生将会办到,芮英教授应当知道德国外科医生查爱尔索鲁赫最近所做的手术。他能用小腿代替有病的大腿。"

"可是,伊赫利安德尔呢?"鉴定人问。

"不错,伊赫利安德尔一直是我的骄傲。在给他施行手术时,困难不光是技术上的。我得改变人身所有的机能。在做初步实验的过程中,弄死了六只猿,我才达到目的,才能给孩子施手术而不担心他的性命。"

"这究竟是什么手术呢?"院长问。

"我把小鲨鱼的鳃移植到孩子身上,孩子便能够在陆地生活,也能在水里生活。"

听众中间响起了一片惊讶的叫声。在大厅里的报馆记者飞快地跑到电话间去,连忙向编辑部报告这件新闻。

# 4.《地心游记》、《从地球到月球》和《海底两万里》

☞ 作者:[法]儒勒·凡尔纳

☞ 译者:王勋,纪飞等编译

☞ 推荐版本:清华大学出版社 2009 年版

## 作者简介

儒勒·凡尔纳(1828～1905),法国小说家、博物学家、现代科幻小说的重要开创者之一。

儒勒·凡尔纳

他毕生创作了 60 多部长、短篇科幻小说作品,总题为《在已知和未知的世界漫遊》,还有几个剧本,一册《法国地理》和一部六卷本的《伟大的旅行家和伟大的旅行史》。凡尔纳以其大量作品和突出文学贡献,被后人誉为"科幻小说之父"。

他的科幻小说,将科学幻想的内容写得详细准确,头头是道,以至于在自然科学界引起极大反响,有的科学家还对他小说中的天文数据进行验算,检验其准确度。他知识渊博,因此他的小说作品的著述、描写极富魅力,而又多有科学根据,不少他小说中极令人惊异的幻想和科学预言,都随着科技发展,在半个世纪、一个世纪后,变成了活生生的现实。

# 《地心游记》



德国科学家黎登布洛克教授是个脾气暴躁，在约翰学院讲授矿石学的教授。他虽然脾气不好，发音有时候不太清楚，但在学术界却非常有名。1863 年 5 月的某一天，黎登布洛克教授在一本古老的书籍里偶然发现一张羊皮纸，并与侄子阿克赛一起将其破译，并从中得知前人阿思·萨克奴姗曾从一个神秘的火山口，冰岛的斯奈菲尔火山口进入了地球的中心。黎登布洛克对此深信不疑，决定和侄子一起去探险。阿克赛虽然对到达的地心的方式表示怀疑，但最后还是决定和黎登布洛克一起前往。二人带了足够的粮食、仪器、武器等必要装备，黎登布洛克还对阿克赛进行了一些训练，2 人准备完毕后，由汉堡出发，到达了冰岛。

到达冰岛后，他们在村子里找到了个叫汉恩斯的小伙子为他们做向导，三人按照羊皮纸的指示，一起从斯奈菲尔火山口往下爬。历尽了千辛万苦，终于来到了最底层。3 人口渴至极，由于缺水，差点放弃。终于找到一条小溪。3 人稍作休整，休息了 1 天后，继续前进。

3 人在太平洋下面行进。有一天，3 人一起出发，阿克赛却发现后面的 2 人并没有跟上，只剩下他自己，他迷路了。后来，终于传来了黎登布洛克和汉恩斯的声音，但却由于隔着岩层，不能相见。在寻找其他 2 人的过程中，阿克赛掉进了大地的裂口里。黎登布洛克找到了阿克赛，阿克赛得救了。3 人饱览了地下海的风光，在海上看到很多水兽在自相残杀。3 人坐在木筏上继续探险，遇到了暴风雨。经历了暴风雨后，3 人又回到了

《地心游记》中文版封面

当初出发的海岸。看到了异常珍贵的古生物化石，遇到了放牧大象的远古巨人。3人在穿过一片毒蘑菇林后，找到了一个洞，钻进去后才发现前方无路可走，一块大岩石挡住了去路。于是3人决定用炸药将岩石炸开。他们埋好炸药，点燃火线，在竹筏上等着。岩石炸开后，3人在竹筏上急速上升，这时突然发现，他们只剩一顿的粮食了。黎登布洛克决定利用岩浆喷发，回到地面。于是他们想办法利用火山喷发的力量回到了地面。

## 《从地球到月球》

在美国南北战争时期，在美国的马里兰州中部的巴尔的摩城成立了大炮俱乐部。俱乐部刚成立，就引起了人们的兴趣。一个月后，就吸纳了1833个正式会员。由于战争的需要，大炮俱乐部工作繁多，但在战争结

束后，俱乐部成员开始无所事事了。

在一次会议中，大炮俱乐部主席巴比康向会员们提议向月球发射一颗炮弹，一次建立地球与月球之间的联系。话一出口，立刻得到了会员的积极响应。消息传出后，世界都为之沸腾了。

《从地球到月球》中文版封面

于是，会员们开始着手准备这项伟大的事业。会员们向天文学家提出了几个问题，“可以向月球发射炮弹吗？”“地球和它的卫星的准确距离是多少？”“在足够的初速推动下，炮弹要经过多少时间到达？因此应该在什么时候发射，才能使她在月球上的一个指定的地点坠落？”“月球在什么时候出现在最容易击中的位置上？”“发射炮弹的大炮应该瞄准天空的哪

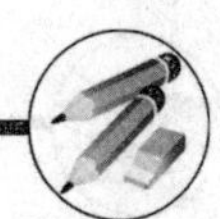

一点?”“发射炮弹时,月球应该在天空的什么方位?”这些问题都得到了解答。

由于发射炮弹这件事,已经世人皆知,一时间,所有关于月球的知识都得到了普及。会员们解决了弹道学的问题,计算了弹壁的厚度、材质、所要花费的资金、假设炮弹升空后将要遇到的问题,当然,还有大炮本身的长度问题、所需的火药的多少。所有这些理论问题都解决后,就剩下实行了。

会员们开始寻找进行试验的合适地点。经过一番激烈的讨论,会员们决定在德克萨斯州或佛罗里达境内铸造大炮,并在全世界范围内进行了募捐。会长找到了一块高地,决定就在这里将炮弹射向月球。决定后,计划开始如火如荼地实施了。掘井用了8个月,开始铸炮。美国人甚至还趁机做起了生意。参观大炮的人络绎不绝。

法国冒险家米歇尔·阿当获悉这一消息后向会长发了封信,说是想将炮弹的中心挖空,自己坐炮弹前往月球。消息传出,立刻引发了大讨论。米歇尔·阿当和会长举办了大会,讨论他乘弹飞行的可行性以及与月球的有关问题。最终,获得了大家的支持。但尼科尔却坚决反对。为了证明这次探险的可行性,米歇尔·阿当邀请巴比康和尼科尔一同乘炮弹到月球去探险,二人同意了。

众人开始做各种各样的实验,以确保探险的成功。解决了火药、粮食等问题后,12月1日,3人克服了种种困难,终于乘坐这颗炮弹向月球出发了。地球人等待着他们的消息,最终却发现,他们并没有到达月球,在月球上登陆,而是进入了月球的引力圈,变成了月球的卫星。从此后,只能永远绕月球运行。

Wuchubuzai De Kexue Congshu

# 《海底两万里》

故事发生在1866年。法国生物学家阿罗纳克斯应邀赴美参加一项科学考察活动。这时,海上突然出现了一个"独角鲸怪物",频频袭击各国海轮,全世界因这一消息沸腾了。阿罗纳克斯结束科学考察后,准备返回法国,却接到美国海军部的邀请,登上以一艘名为"林肯号"的驱逐舰,参与到清除怪物的行动中。

《海底两万里》中文版封面

经过千辛万苦的追捕,"怪物"没有被清除,驱逐舰反被"怪物"重创。阿罗纳克斯在追捕过程中,不慎落水,泅到怪物的脊背上。才发现,怪物并不是什么独角鲸,而是一艘构造奇妙的潜水艇,名为"诺第留斯"("鹦鹉螺")号。阿罗纳克斯,他的仆人康赛尔和捕鲸手尼德兰斗成为了"怪物"

的俘虏。

“鹦鹉螺号”的船长叫尼摩，他的性情古怪而忧郁，知识渊博，“鹦鹉螺号”就是他在大洋中的一座荒岛上秘密建造的。船身坚固，可以利用海洋发电运行，潜航在海底进行大规模的科学研究。虽然船长的脾气古怪，所幸对3人还很不错。为了保守自己的秘密，尼摩要求3人跟艇旅行，从此不可离开。3人别无选择，只好同意。

船上的人用一种特殊的语言交谈，3人都听不懂。阿罗纳克斯心中奇怪，却不明白原因。3人从此与潜水艇以平均每小时12公里的航速，缓缓行驶，周游各大洋。他们从日本海出发，进入太平洋、大洋洲，然后到达印度洋，经过红海和阿拉伯隧道，来到地中海。潜艇经过直布罗陀海峡，沿非洲海岸，进入南极地区。后又沿拉美海岸北上，跟随暖流来到了北海，最后消失在了挪威西海岸的大漩涡中。

在途中，3人见到了海底森林、海底煤矿、海底洞穴、暗道与人们至今没发现的遗址，甚至见到了著名的沉没城市亚特兰蒂斯、价值连城的大珍珠、打捞西班牙沉船的财宝，目睹珊瑚王国的葬礼、在珊瑚礁上搁了浅，结果被巴布亚土著围攻；在印度洋的珠场与鲨鱼搏斗，尼德兰还手刃了一条凶恶的巨鲨；在红海，他们捕到了一条儒艮，儒艮当晚就上了餐桌；还遇到了冰山封路，在南极被厚厚的冰层困住，艇内缺氧，艇上的人差点难逃此劫；在大西洋血战章鱼，一名船员因此惨死；抹香鲸与长须鲸的争斗；“诺第留斯”号杀死了成群的抹香鲸。

在旅行过程中，阿罗纳克斯饱览了海洋里的各种动植物，讲述了太平洋黑流、墨西哥暖流、飓风、马尾藻海的相关知识。

众人在好不容易从挪威西海岸的大漩涡中逃生出来后，到达挪威海岸。阿罗纳克斯等3人不辞而别。离开了潜艇，结束了历时10个月的海底两万里的旅行。最后将他们所知道的秘密公诸于世。

## 《地心游记》

《地心游记》是一部充满传奇色彩的科幻小说。它的文笔幽默流畅，情节跌宕起伏，充满了浪漫而科学的想象力，为读者描绘了一个超越时空的幻想世界。其诞生和当时历史、社会背景密不可分。

《地心游记》创作于那个对于环球探险狂热的年代。这和当时欧洲殖民者在世界各地疯狂建立殖民地的背景是分不开的。在他们相继占领了撒哈拉沙漠等地后，这个世界已经很难找到没有人类足迹的地方了。另外，由于这种殖民掠夺，科学技术，特别是考古学和地质学，也得到了前所未有的长足发展。关于这方面知识的介绍，也体现在作品中。

## 《从地球到月球》

《从地球到月球》语言生动幽默，情节奇幻惊险，充满了科学幻想。而这些当时的科学幻想，在今天，很多都得到了验证和实现。主人公拥有远大的理想、高尚的情操、坚韧的性格和卓越的品质，即使登上月球是如此艰难，方式是如此的危险，依然没有放弃登月的计划。作者以丰富的想象和科学知识，构建了他的科幻小说世界，激发着人类探险、创造、探索科学的热情。

## 《海底两万里》

《海底两万里》充满悬念，高潮连连，幻想丰富，场面宏大。和凡尔纳的其他作品一样，作品拥有引人入胜的情节，并对海底景观进行了精彩的描绘，其中又蕴含着主人公的情感和丰富的地理知识。读者在感受到科学技术力量的同时，也领略的大自然的神奇与伟大。

总的来说，凡尔纳所写的故事通常生动幽默，情节跌宕起伏，又妙语横生。看完了他的作品后，往往能激发读者热爱科学，向往探险的热情。所以他的作品在100多年来，一直受到各国读者的热烈欢迎，即使是在科技已经如此发达的现代，依然经久不衰。据联合国教科文组织的资料，凡尔纳的作品是全世界被翻译作品最多的十大名家的作品之一。

在小说中，凡尔纳总是能深入浅出地普及科学知识，将想象和现实的科技结合起来，使得他的幻想都变得如此真实。他的文笔虽然简单，但却能勾画出瑰丽的画面。

不过，凡尔纳的小说中，人物的个性不是特别鲜明，缺少心理活动，甚至还带有对女性角色的偏见。有些问题思考的深度也不够，但这些都无损于他的作品所蕴含的丰富的知识，和传达出来的对科学的热爱，对宇宙的探寻。

对凡尔纳本人的评价：

我并不是不知道您的作品的科学价值，但我最珍重的却是它们的纯洁、道德价值和精神力量。

——1884年教皇在接见凡尔纳时这样说

凡尔纳是我的领路人。

——法国海军上将伯德说

凡尔纳的小说启发了我的思想，使我按一定方向去幻想。

——俄国宇航之父齐奥尔斯基

现代科技只不过是将凡尔纳的预言付之实践的过程。

——法国院士利奥泰盛

他(凡尔纳)的目的在于，概括现代科学积累的有关地理、地质、物理、天文的全部知识，以他特有的迷人方式，重新讲述历史。

——[法]埃泽尔

## 《地心游记》

一八六三年五月二十四日，星期日，我叔叔里登布洛克教授匆匆忙忙地回到自己的小宅子。他的住宅是在科尼斯街十九号，那是汉堡旧城区里的一条最古老的街道。

女仆玛尔塔刚把饭菜坐在炉子上，以为自己把饭做晚了呢。

“这下可好，叔叔是个急脾气，说饿就饿，饭菜马上就得端上来，否则他会大声嚷嚷的。”我心里在作如是想。

“里登布洛克先生今天回来得这么早呀！”玛尔塔轻轻推开餐厅的门，紧张惶恐地对我说。

“是回来得早了些，玛尔塔。饭未准备好没有关系，现在两点还没到哩。圣米歇尔教堂的钟刚敲了一点半。”我回答她道。

“可教授先生为什么这么早就回来了?”

“他自己大概会告诉我们原因的。”

“他来了!我得走开了。阿克赛尔先生,请您跟他解释一下吧。”

玛尔塔说完便回到厨房里去了。

我留在了餐厅里。可是,教授脾气急躁,而我又优柔寡断,让我如何去叫教授熄熄火呢?于是,我便打算溜回楼上我的小房间里去,可是,大门突然被推了开来;沉重的脚步声在楼梯上略噔略噔地响。屋主人穿过餐厅,径直奔向自己的书房。

在穿过餐厅时,他把自己那圆头手杖扔在了屋角,又把宽边帽子扔到了桌上,并向自己的侄儿大声喊道:

“阿克赛尔,跟我来!”

我正要跟过去,只听见教授已经不耐烦地又冲我喊了一嗓子:

“怎么了?你还不过来!”

我赶忙奔进了我的这位令人望而生畏的老师的书房。

里登布洛克其实人并不坏,这一点我心知肚明。但是,说实在的,除非出现什么奇迹,否则他这一辈子都是个可怕的怪人。

他是约翰大学的教授,讲授矿物学。他每次讲课,总会发这么一两次火的。他并不关心自己的学生是否都来上课,是否认真听讲,是否将来会有所成就。说实在的,这些事对他来说,都是细枝末节,小事一桩,他不放在心上。用德国哲学家的话来说,他这是在“主观地”授课,是在为自己讲课,而不是在为他人讲课。他是一个自私的学者,是一个科学的源泉,但想从这科学的源泉汲取水分,那却并非易事。总而言之,他是个悭吝人。

# 《从地球到月球》

在南北战争时期，美国马里兰州中部的巴尔的摩城成立了一个很有势力的新俱乐部。我们知道，当时在这些以造船、经商和机械制造为业的人们中间，军事才能是怎样蓬勃地发展起来的。许多普普通通的商人，也没有受到西点军校的训练，就跨出他们的柜台，摇身一变，当上了尉官、校官，甚至将军，过了不久，他们在“作战技术”上就和旧大陆的那些同行不相上下，同时也和他们一样，仗着大量的炮弹、金钱和生命，打了几次胜仗。

但是美国人特别胜过欧洲人的，是在弹道学方面，这倒不是说他们的枪炮达到了怎样精良的程度，而是它们的体积大得出奇，因而射程远，这在当时是前所未闻的。在擦地射击、俯射或者直射、侧射、纵射或者反射方面，英国人、法国人、普鲁士人已经没有什么可学的了；但是他们的大炮、榴弹炮和美国的那些可怕的武器一比，就好像袖珍手枪了。

其实这也没有什么好奇怪的。美国人，世界上第一批机械学家，跟意大利人天生是音乐家，德国人天生是哲学家一样，他们是天生的工程师。所以看到他们把他们大胆的发明才能运用到弹道学上，也就不足为奇了。那些巨型的大炮虽然不像缝衣机那样有用，可是却同样的惊人，而且受到更多的称赞。这种不可思议的武器，我们知道的有派罗特、道格林、罗德曼等人的杰作。欧洲人的“安姆斯强”、“巴利赛”、鲍烈的“特洛依”只好在它们海外的对手面前低头了。

因此，在北方人和南方人死拼的时候，大炮发明家占了首要地位；联邦的报纸热烈地祝贺他们的发明，以至于连小商人和天真的“傻瓜”也没

有一个不在日夜绞尽脑汁,计算枯燥无味的弹道。

一个美国人如果想出了一个主意,他就去找另外一个美国人合作。凑足了三个就选一个主席,两个秘书。有了四个就指定一个人做档案管理员,这样,他们的办事处就开始工作了。有了五个就召开大会,成立俱乐部。巴尔的摩的情形就是这样。第一个发明一种新式大炮的人同第一个铸炮人和第一个膛炮筒的人进行合作.这是大炮俱乐部的核心。俱乐部刚成立了一个月、就吸收了1833个正式会员和30575个通讯会员。

## 《海底两万里》

1866年,发生了一起非同寻常的事件,那真是一种神秘而又无法解释的现象。无疑,人们对当时的情景至今仍不能忘怀。且不说当时那些沿海地区的居民对此感到兴奋异常,到处散布各种传闻,即使是内陆地区的居民也被各种消息搞得心神不宁,情绪极为激动。尤其是那些从事航海工作的海员,他们对这件事尤其充满了兴趣。欧洲、美洲两个大陆的商人、普通海员、船主、船长、各国的海军军官以及两大洲的各国政府等等,大家都密切地关注着事态的进一步发展。

事情的原委是这样的:不久前,有几艘轮船在海上遇到一头“庞然大物”,

那是一个长长的东西,呈纺锤形,有时全身散发着磷光,而且它的体积超过了一头鲸鱼,动作也比鲸鱼迅速得多。

有关这个离奇怪物的出现,各种航海日志都留下相关记载。这些日志大都记载了这个物体或者说可疑生物的形状、它在运动时一直保持的高速,以及它令人惊异的运动能量。它那奇特的生命力似乎是与生俱来

的本能。如果它是一种鲸类动物，可是它的身体尺寸却超过了迄今为止生物学界研究过的各类鲸鱼。居维叶、拉赛佩德、迪梅里、德·卡特法日这些博物学家是不会承认这种怪物的存在的，除非他们看到过它，也就是说除非这些科学家亲眼目睹了这头怪物的存在。

综合考虑人们的多次观察结果——我们排除了那些最保守的估计，他们认为这头怪物只有200英尺长，同时我们也不能接受那些过于夸张的观点，认为这个怪物足有1英里宽、3英里长——最后，我们可以比较公正地得出结论说，如果这个神秘的物体果真存在，那么这个存在物的体积，大大地超过了当前所有鱼类学家所认可的尺寸。

既然这头怪物的存在已经成为一件不容否认的事实，那么我们就不难理解，由于人类的好奇心，这头神奇怪物所引发的兴奋很快便波及到了整个世界。至于说上述所谈到的一切，如果还有人认为那都不过是荒诞不经的传言，那么他的结论是没有人能够接受的。

# 5.《化身博士》

☞ 作者：[英]罗伯特·路易斯·史蒂文森

☞ 译者：凡璇

☞ 推荐版本：中国城市出版社 2009 年版

## 作者简介

罗伯特·路易斯·史蒂文森（1850～1894），英国 19 世纪后期新浪漫主义文学的奠基者和杰出代表人物。他的小说有两个鲜明特色：历史题材和异国情调。诸如 15 世纪“玫瑰战争”中的侠盗复仇故事，18 世纪活跃在苏格兰高地的爱国者们的斗争生涯纪实，都被他在作品中描写得色彩斑斓，如火如荼；而《新天方夜谭》、《金银岛》、《化身博士》、《诱拐》、《黑箭》等脍炙人口的篇章，则展现了其全面的文学才华和旺盛的创作活力。

罗伯特·路易斯·史蒂文森

1883 年出版的《金银岛》让史蒂文森名声大噪，此是其首部长篇小说作品；1886 年问世的《化身博士》和《绑架》，一经推出即跃居最畅销书籍之列，更奠定了他日后不可动摇的作家地位。这位长年受结核病缠身之苦的伟大作家，最后于 1894 年在朋友家聚会时，意外地死于脑溢血。当

时，他才 44 岁。

内容精要

厄塔森律师是法学博士、医学博士、民法学博士、皇家学会会员亨利·杰基尔的好朋友，他本人沉默寡言，但又乐于助人，因而很受朋友们的好评。杰基尔博士正直博学，为人乐观，也是个很具有人格魅力的教授。

《化身博士》中文版封面

一天，厄塔森和远亲理查德·恩菲尔德在街上散步，恩菲尔德讲述了自己不久前遇到的一件事。一个晚上，他看见一个矮小丑陋的男人在街道拐角处撞到了一个小女孩，他非但没有帮助那个女孩站起来，反而直接从女孩的身上踩了过去。女孩的惨叫声引来了众人。这个残忍的男人在众怒之下，不得不掏出支票，支付了女孩的医药费。在他签名的支票上，恩菲尔德得知，此人名叫海德。

厄塔森听后震惊不已，因为他那里有一份杰基尔的亲笔遗嘱。遗嘱上写道，如果杰基尔去世或者失踪三个月，杰基尔的全部财产将归爱德华·海德所有。厄塔森到拉尼翁大夫处请求帮助，他也是杰基尔的好朋友。但大夫并没有提供给他更多的信息。

厄塔森在海德曾经出现的街上等待他的出现。几天后，海德终于现身。厄塔森主动与他搭话，惊讶地发现海德竟然有杰基尔实验室的钥匙。海德满不在乎地告诉了厄塔森自己在索荷区的住址。厄塔森满腹狐疑。

几天后，杰基尔请客，好友同聚一堂。期间，厄塔森谈到海德，劝杰基尔远离他。杰基尔却满怀信心地表示，海德完全在自己的掌握之中。

几天后的一个夜里，海德用手杖残忍地杀害了丹佛斯·卡鲁爵士。厄塔森认出，凶器正是自己多年前送给杰基尔的礼物。在调查完海德的住处后，厄塔森找杰基尔核实。杰基尔却拿出了一封信，信上写着，海德已经逃跑，并且很感谢杰基尔博士对他平日的帮助。但信封却不见了，杰基尔也说不清送信人的长相，只说是邮差送来的。

厄塔森对心中的字迹产生了怀疑，于是找到办事处主任盖斯特，鉴定笔迹。结果竟然是，杰基尔就是写信人。厄塔森以为杰基尔包庇凶杀犯，震惊不已。

杰基尔又一次举办聚会，但从那次聚会后，就闭门谢客，不再见人。拉尼翁大夫日渐憔悴，临危之际，交给厄塔森一封信，并嘱咐他只有在自己去世后，才能拆开。厄塔森尽管心中好奇，却依然遵守承诺。

杰基尔依然把自己锁在家中，厄塔森只好通过仆人了解他的一些情况。一日，厄塔森与恩菲尔德在散步时，看见了坐在了窗口的杰基尔。没有谈上两句话，杰基尔就匆匆离去。

杰基尔的管家找到厄塔森，请求他帮助自己的主人。杰基尔已经把自己锁在实验室里 8 天，只是不停地吩咐管家去买某种盐类。有一次，管家看到了他的背影，震惊的发现实验室里的已经不是杰基尔，而是海德。管家认为海德谋杀了杰基尔，因而请求厄塔森的帮助。厄塔森与管家一起闯进了实验室。在进入实验室的同时，海德服毒自杀。奇怪的是，杰基尔也失踪了。

几天后，厄塔森受到了杰基尔给他的信件。原来，杰基尔是个有着双重性格的人，表面上他学识渊博、德高望重，内心深处却潜伏着一种想要寻欢作乐的邪恶。他既要在人们面前保持一种虚假的庄重神态，又必须时刻隐藏和压抑着自己追求享乐的丑恶欲望。后来，杰基尔利用某种盐类发明了一种化学药剂，每当受到享乐欲诱惑时，他就会服下这种药物，变成矮小丑陋的海德先生，外出寻欢作乐；欲望发泄后，他就回家再服一剂药水，变回受人尊敬的杰基尔博士。杰基尔享受着这种欲望驰骋，而又无需负责的快感。但渐渐的，海德占了上风。杰基尔常不受控制地变成了海德，为了恢复成杰基尔，他不得不服食更多的药剂。在杀害了卡鲁爵士后，他突然变成了海德。无奈之下，只好求助于拉尼翁，让拉尼翁把自己变形所需的药剂带到大夫家。并且在大夫面前完成了变形。大夫深受刺激，不久离世。

杰基尔发现自己越来越不能控制变形，海德已经成为了自己的常态，变回杰基尔反而越来越难，而且盐类也用完了，根本找不到与原来相同的盐类。杰基尔发现自己再也不能变回原来的自己，而只能作为罪孽深重的海德先生留在世上。绝望之余，服毒自杀。

在英、美,《化身博士》是一部家喻户晓的作品,它是一部想象力相当丰富的作品。作品刚一出版就常被盗印,甚至牧师们讲道也会用上它。它数次被改编为舞台剧,后来又搬上银幕。

从科幻作品的思想和文学意义上说,恐怕很难找到可以超越《化身博士》的作品。作品情节跌宕,扑朔迷离,惊心动魄,扣人心弦,充满了科幻色彩。本书可以说是"心理小说"的先驱,其叙述笔调生动鲜明,故事发展紧凑刺激、扣人心弦,读来宛如一部紧张悬疑影片。

作品精彩描述了同时存在于一个人心中的善恶之间的冲突与斗争,就像双子座的双重人格一样,随时在挣扎,在抗争。善的部分,恪守着道德礼教的规范,长期压抑恶;而一旦邪恶的部分占了上风,就会无法无天。但长期摆脱道德的束缚后,微弱的正义之声仿佛又会响起,人的内心深处往往就这样不停地在善与恶的边缘游移徘徊。

史蒂文森认为:在人的潜意识和某处幽暗、深沉、无法探知的内心角落里,善恶是并存的。书中主人翁——杰基尔医生,一个家财万贯、闻名遐迩、道貌岸然的大善人,因抵挡不了潜藏在天性中邪恶、狂野因子的耸动,发明了一种药水,可以将平时被压抑在虚伪表相下的心性,毫无保留地展露出来;同时因为人格心性的转变,身材相貌也会随之改变。因此,原本一个社会公众认为行善不遗余力的温文儒雅之士,一旦喝下药水,即转身一变,成为邪恶、毫无人性且人人憎恶的猥鄙男子——海德;一个是善的代表,而另一个则是恶魔的化身。书中人物杰基尔和海德善恶截然不同的性格,让人印象深刻,以至于到后来,"JekyllandHyde"一词,竟然成为心理学"双重人格"的代称。

律师厄特森先生总是神情紧张，从未发现他的脸被笑容点亮过。尽管他看起来又瘦又高、干巴巴的，而且沉默冷淡、言行迟钝，然而这并不妨碍他的可爱之处会偶尔展露。在老朋友的聚会上，当他被酒微微熏陶着时，一种颇具亲和力的东西就会从他的眼神中自然浮现，而这种东西通常在他的言语中很难得到表达。事实上，厄特森律师的亲善并不仅仅只在饭后平静的脸上闪现，他的为人处世中更为充分地彰显了这种与人为善。他非常自律：一个人的时候只喝点杜松子酒，严苛抑制着自己对于葡萄酒的偏爱；尽管他喜欢看戏，但足足有二十年了，他不曾进入任何一家剧院的大门。但他待人有极为值得称道的容忍度，当看到有些人近乎狂热地致力于干坏事时，他有时感到讶异，甚至于嫉妒那种狂热；但是，无论对怎样十恶不赦的人，他的态度总是倾向于挽救，而非谴责。……

“什么问题，先生？”仆人问道，并将厄特森的外衣递还给他。

“杰基尔知道海德先生会从后门进来吗？”

“喔，知道的，先生，”普尔答道，“杰基尔给了他一把钥匙。杰基尔博士已经几乎不再使用实验室了。海德先生获准可以随意进出。当杰基尔博士不在时，我们要听从他的吩咐。”

“他与杰基尔成为朋友有多久了？”厄特森先生问道。“我从不记得杰基尔向我介绍过他。”

“他来这里已经有一段时间了。”普尔答道。“不过他很少到房子的这边来。一般来说，他都是在下面的实验室里忙着.大部分时间，我们甚至不知道他在这里。”

“唔，谢谢你，普尔，”厄特森先生一边说一边朝门走去。“请告诉杰基

尔我来拜访过。”

“我会的，先生，”普尔说，“在回家的路上请小心点。”

普尔送厄特森先生到门口，然后在他身后把门关上。

“亨利，你究竟在干什么？”厄特森暗自思忖着。“你怎么会跟海德这样的人牵扯在一起呢？”

但是厄特森先生明白，也许他永远也无法知道……

# 6.《鲵鱼之乱》

☞ 作者:[捷克]卡雷尔·恰佩克

☞ 译者:贝京

☞ 推荐版本:外国文学出版社 1999 年版

卡雷尔·恰佩克

卡雷尔·恰佩克(1890～1938),是活跃在 20 世纪二三十年代捷克的一位天才科幻作家。他不大写诗,却被称为“诗人”和“捷克文学中最具有世界性的伟大作家”。

恰佩克的作品堪称捷克文学的瑰宝,既富思想深度,如科学幻想戏剧《罗素姆万能机器人》、科幻小说《鲵鱼之乱》等;又写了不少老少咸宜的作品,如《小狗杰西卡》、《九个童话故事》等。它们不仅是捷克家喻户晓的经典,也是世界文学的精品。

他的作品构思独特、文风清新、情节离奇;他还擅长讽刺幽默和幻想,以运用虚幻、象征的现代派手法为世人瞩目。

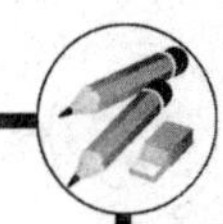

船长万托赫在印度尼西亚群岛附近海域偶然发现了一种名为许氏古鲵的鲵鱼。鲵鱼是娃娃鱼的一种，它的身形像人，在浅海生活，可以直立行走，十分机敏，能发出吱吱的叫声。它以捕食海蚌为生。勇于探险、办事精明的万托赫发现这是绝妙的生财之道，于是教会了鲵鱼用小刀剥开蚌壳取出珍珠，又教会了鲵鱼人类的语言。从此鲵鱼变成了万托赫船长的廉价劳动力，万托赫船长发财了。

《鲵鱼之乱》中文版封面

为了进一步扩大生意，万托赫船长找到派头十足的大资本家G. H邦迪建立了鲵鱼辛迪加，专门培植鲵鱼采珍珠，从事水下建筑。为了鲵鱼的安全，也是生意的交换条件，人类大肆捕杀鲵鱼的天敌——鲨鱼，而鲵鱼则交给人类珍珠。鲵鱼失去了天敌，又学会了人类的语言和技术，繁殖旺盛，数量激增。当然，奴隶的生活并不好过。

博冯德拉是个编辑，他成天无所事事，常常盯着天花板发呆，冥思遐想，挖空心思搜索奇闻以维持报刊销路。鲵鱼的兴起和生活给了他绝好的机会。他用剪报描述了鲵鱼的痛苦生活。他们的学校、鲵鱼自己的学术与文化，还有各国之间的竞争，还在注释里杜撰了鲵鱼散文和名人言论，最后，博冯德拉开始为自己的言行自责。

鲵鱼已经成为了资本家进行殖民掠夺和生产标准化的牺牲品。他们之间已经不再是安全和钱财的交易，而变成了一种赤裸裸的掠夺。在小说的中间描写了鲵鱼企业对鲵鱼进行捕捉、追赶、迫害以及转运、拍卖的情景。

当然，任何一个人都不会甘于被奴役的命运，即使是鱼也是如此。而且这些鱼还掌握了先进的技术，人数众多。讽刺的是，鲵鱼不仅学会了人类的技术和语言，还掌握了法西斯思想，得到了人类的武器。他们的势力渐强，今非昔比。这对一个渴望摆脱被奴役命运的物种来说，是多么重要的事啊。

由于鲵鱼数量增多，浅海已经不够他们居住生活。于是鲵鱼想要扩张领土。于是，他们将目光转向了人类的生存空间——陆地。他们开始计划毁掉陆地填海。各国对此召开了紧急会议，讨论的结果竟然是对鲵鱼实行“绥靖政策”。在人类的一再退让和漠然之下，鲵鱼叛乱了，战争开始了。鲵鱼的头领鲵鱼长在广播里对人类说：“人类应该为鲵鱼的生存腾出空间。”

小说的尾声部分描写了鲵鱼的叛乱，在可可岛上对人类的屠杀，他们利用海下武器，为了争夺生存空间而疯狂的摧毁陆地，沃尔夫·梅纳特的著作和X的警告，一片混乱，而人类也逐渐走了灭亡的边缘。鲵鱼的实力是如此的强大，他们除了在武力上占上风外，甚至还想获得言论的支

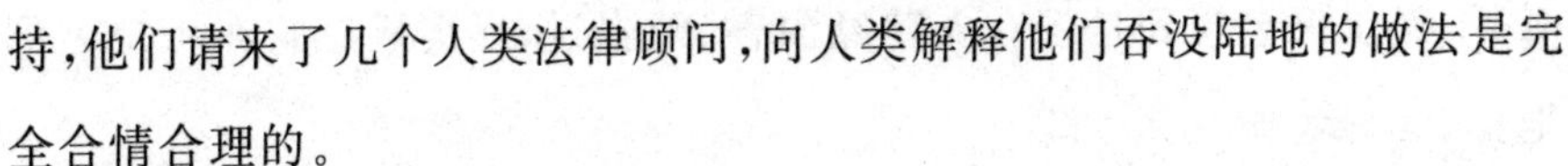

持，他们请来了几个人类法律顾问，向人类解释他们吞没陆地的做法是完全合情合理的。

人类灭亡在即，却无计可施。最后，多亏了鲵鱼统一体自相残杀，内部出现了问题，土崩瓦解，人类才幸免于难。

《鲵鱼之乱》于 1936 年发表，可以说是捷克第一部有世界影响力的长篇小说、编年体小说、政治性极强的科幻小说。它用虚幻、讽喻和现代派的独特写法，巧妙的结构，大胆的想象，将鲵鱼与人类生活紧密而自然地结合起来，表现了严肃重大的主题，即资本主义由原始积累发展到帝国主义法西斯的过程，这在一般的文学作品中是很少见的。

作者用变化多端的笔调慢慢挖掘主题，情节也随着情节渐入佳境，步步紧凑，到达高潮。小说先用平铺的叙述，后用夹叙夹议，再用评论和质问，突出主题。小说生动地阐述了法西斯的渊源，描写了资本家们利用鲵鱼攫取利润，又利用它们煽动民族间的矛盾，结果却被武装起来的鲵鱼反控制，从而差点毁灭人类的过程。作品揭示了产生法西斯主义的温床就是资本主义，并讽刺了资产阶级的文化与生活方式。它既全面而深刻地揭露和讽刺了资本主义和法西斯，也是作者在面对法西斯时，发出的警告，同时也反映了人类对自身脆弱的不安。

小说所论述的这个主题，比一般的小说更为宽泛。但也正由于它的宏大，所以找不到恰当的表达方式，只能通过创造一段历史，创造一个新生物，才能完整而淋漓尽致的表述。读后，读者不仅会产生这样的疑问：人类进化到最后，究竟会是什么？如果有更智慧的生物出现，人类的下场是不是只能是灭亡？这是物竞天择的结果吗？当读者在想到“鲵鱼之乱”

时，不是仅仅会想到是否有人曾经预言、警告过，还会反思它在历史上的地位。

有评论认为："《鲵鱼之乱》这本书中提出的人类的进化史、克隆、机器人时代、个体被群体吞噬等等问题，恰恰又是人类21世纪面临的大考验。"

过了不久，比利时运输舰"奥登堡号"从奥斯坦德开往拉姆斯盖特。当它驶到多佛海峡中间的时候，值班军官看到在他们正常航道以南半英里的"水里出了什么事"；由于他看不清楚是否有人要淹死了，他下令把船开到那个地方去，那里的海水搅得一塌糊涂。有将近二百名乘客在船的下风的一边观看这场奇妙的壮观：水里到处涌起笔直的水柱，到处都升起一种黑东西，在大约三百米的一片海面上，海水始终汹涌翻滚，可以看出水下面发生了很大的骚乱和混乱。

看起来，好像是水底下有一座小火山爆发了。当"奥登堡号"缓慢地驶近那个地方的时候，忽然在船头前面十米的地方，涌起一个大浪头，接着是一声可怕的爆炸巨响。整个船剧烈地升到了半天空，船上降下一阵差不多是沸腾的水，随着水柱有一个黑色的坚硬物体啪嗒一声掉在船头，它痛苦地扭曲着身体，发出一种尖叫，这是一条遍体鳞伤的、被烫伤的鲵鱼。船长下令掉转船头，避免直接闯进那个正在喷发的地狱中间，但是就在这个时候，四面八方响起了爆炸声，海面上东一块、西一块到处都是缺胳膊短腿的鲵鱼。

后来，他们设法掉转了"奥登堡号"的船头，以全速向北开去。接着在它的船尾后面大约六百米的地方，响起了一声可怕的爆炸声，从海里升起了一股巨大的水和蒸气的柱子，可能有一百米高。“奥登堡号”向哈威奇开去，同时向四面八方发出了无线电警报：“注意！注意！注意！在奥斯坦德和哈威奇之间有海底爆炸的严重危险。我们不知道原因。一切船只最好不要到这里来！”同时，隆隆的响声和回响仍然继续着，差不多就像正在举行海军演习，但是，在喷出来的水和蒸气中，看不见有什么东西。接着从多佛和加莱，鱼雷艇和驱逐舰以全速开出，陆军飞机也赶到了现场，但是在他们到达的时候，只发现平静的海面上蒙上一层黄色的黏液、死鱼和鲵鱼的残缺的躯体。

最初，人们以为这是英吉利海峡中的一些水雷爆炸了；但是在军队的警戒线封锁了多佛海峡的两边，当英国首相在星期六夜间中断了周末休假（在历史上这是第四次），匆匆赶回伦敦的时候，人们开始怀疑这是一件具有严重意义的国际事件。报纸刊载了令人不安的谣言，但是，说也奇怪，这些消息仍然远远没有能说明事实的真相；甚至没有人怀疑到有几天局势非常危险，以致整个欧洲，以及世界其余地区都处在大战边缘。一直到几年以后，当时的内阁阁员托马斯·摩尔伯利爵士在选举中丧失了他的议席，因此发表了政治回忆录的时候，人们才从回忆录中知道当时发生的事情的真相，但是，到了这个时候，已经没有人对于这件事情真正感兴趣了。

整个问题主要是这么一回事：法国以及英国都开始在多佛海峡修建海下要塞，修建成功后，一旦爆发战争，他们就可以封锁整个英吉利海峡；当然因此双方都指责对方首先动手，但是实际情况好像是他们是同时开始的。因为各自都唯恐友好邻邦抢了先，总之，在多佛海峡的海面下，出现了两个互相对垒的巨大的混凝土要塞工事，每一个工事都配备了重型大炮、鱼雷发射器、巨大的水雷屏障，总之，配备了当时人类在战争艺术的

进展中已经制造出来的一切最现代化的装备；在英国方面有两师配备精良的重工鲵鱼和大约三万鲵鱼工人来据守这个威力巨大的深水要塞，在法国方面，守军是三师精锐的鲵鱼军队。

看来，在英吉利海峡中部的海底下，在那一个危急的日子里，英国鲵鱼工作队碰见了法国鲵鱼，它们之间产生了某种误会。在法国方面，据说他们的鲵鱼在从事和平劳动的时候，遭到了英国鲵鱼的袭击，英国鲵鱼想把它们赶走，据说武装的英国鲵鱼还想拉走几个法国鲵鱼，当然法国鲵鱼进行了抵抗。在这个时候，英国的鲵鱼军队开始用手榴弹和迫击炮攻击法国鲵鱼，因此法国鲵鱼被迫以同样方法自卫。法国政府觉得必须向英王陛下政府提出抗议，要求赔偿全部损失，并且从争执地区撤退，而且保证以后不再发生同样事件。

另一方面，英国政府在致法兰西共和国政府的一件特别备忘录中宣布说，法国的武装鲵鱼侵犯了英吉利海峡中属于英国的一半地区，并且准备在那里布雷。英国鲵鱼要求法国鲵鱼注意，它们侵犯了外国的领土，对于英国的警告，全副武装的法国鲵鱼的答复是扔过来几枚手榴弹，结果击毙了几名英国鲵鱼工人。英王陛下政府很遗憾地认为不得不要求法兰西共和国政府赔偿全部损失，并保证法国武装鲵鱼将来不再侵犯多佛海峡中属于英国的一半地区。

# 7.《2001：太空漫游》

☞ 作者：[英]阿瑟·克拉克

☞ 译者：郝明义

☞ 推荐版本：上海人民出版社 2007 年版

阿瑟·查尔斯·克拉克（1917～2008），迄今最负盛名的科普、科幻作家，与艾萨克·阿西莫夫、罗伯特·海因莱因并称为当代世界科幻“三巨头”，或 20 世纪三大最伟大科幻小说家。他曾第一个写文章提出通信卫星的概念并证实了其技术可行性，因此被誉为“世界通信卫星之父”。

克拉克

1945 年，克拉克发表了第一篇短篇科幻小说《救援队》。战后，他进入伦敦金斯学院获理学士学位，毕业以后成为一名自由撰稿人。在其后的 20 年，他的名字常出现在畅销书榜单上。《童年的终结》和《2001：太空漫游》把他推上了事业的顶峰。1968 年，克拉克与斯坦利·库布里克合作的电影《2001：太空探险》拍摄完成，并获得了巨大的成功，被认为是科幻电影史上的里程碑。“太空漫游”四部曲成为克拉克最脍炙人口的作品。《2001：太空漫游》和

《童年的终结》、《城市与星星》并称为克拉克的"人类文明三部曲"。

克拉克的主要作品有《救援队》(1945),《太空探索》(1951,获国际幻想小说奖),《太空序曲》(1951),《火星沙洲》(1951),《地球反照》(1955),《绵亘的山脉》(1957),《月球尘暴》(1961),《历史课》(1949),《捉迷藏》(1949),《神的九十亿个名字》(1953),《童年的终结》(1953),《星》(1955,获雨果奖),《白鹿诉说的故事》(1957),《与拉玛相会》(1973,获雨果奖,星云奖,坎贝尔奖),等。

三百万年前,人类还没有开化,只有猿人每日茹毛饮血地生活着。望月是猿人中智力发展水平较高的一个,也是他那一个族群的首领。每日都是他带领其他的猿人喝水,找吃的,躲避野兽的攻击。因为不知道怎样利用火,也不能吃肉,猿人每日只能吃浆果充饥。但它们只能充饥,却不能吃饱。由于体力很差,智力的发展水平也不高。经常受到野兽的威胁,导致猿人的数量有限,寿命也不长。

在一个夜晚,望月听到了奇怪的声音,但他无法理解是什么。第二天早上,在猿人饮水的河边,他们发现了一块黑石——光滑平整的巨型石碑。石碑检测着猿人的智力,并最终启蒙了猿人中智力水平较高的一群。猿人从此学会了吃肉,学会了用武器与野兽搏斗,学会了用兽骨作为武器取得部落之间战争的胜利。从此,开始了人类的进化之旅。

三百万年后,人类已经可以在星际之间自由翱翔,文明高度发达。科学家海伍德·弗洛伊德博士被急招向月球,因为在月球的环形山下发现了一块奇怪的黑石,没有人知道它为何会存在以及它出现的原因。人类发掘了黑石,黑石却在被发掘出的同时向土星发射出了电磁信号。黑石

《2001：太空漫游》中文版封面

最后被确认为由外星的智慧生物制造，人类因此第一次获得了外星生物存在的证据。此事被认为是高度机密，政府对公众隐瞒了此事。

由于黑石向土星的土卫八发射了信号，人类无法确定此举的后果，于是派出宇宙飞船"发现者号"飞往土星查看。飞船上有5个人，包括两名飞行员和3名科学家，他们都处在冬眠状态下。飞船主要由人工智能计算机哈尔9000控制。两名飞行员鲍曼和普尔首先醒来。由于此行的任务高度机密，甚至连两个飞行员都不知道，哈尔为了防止机密泄露，谋杀了普尔和3名在冬眠中的科学家。鲍曼想办法关闭了哈尔，自己控制飞船向土星飞去。

经过一番周折,终于到达土卫八后,鲍曼发现了一块更大的黑石——星门,还有成队的飞船。鲍曼发现了一个奇怪的房间,里面有着和人类世界一样的一切设置。鲍曼不知不觉睡着了,在睡眠中,鲍曼经历了宇宙的过去与未来,看到了星孩。所有的一切都融化在宇宙中,变成了宇宙的一部分。星孩开化着宇宙中的星球,为它们带来重生。

《2001:太空漫游》是阿瑟·克拉克很有名的一部作品,它几乎与由它改编的电影同时推出,影片一上映,就极受欢迎。在书中,作者以丰富扎实的科学知识构架出未来的图景,给观众探究外星生物的可能。作品寓意深刻,充满了东方式的神秘情调,宗教情怀以及海明威式的强硬笔触。观众在书中跟着作者,从远古走向未来,从地球走向太空,从自然走向心灵。由于作品中充满了形而上学的哲学思想,该作品引发了西方社会对形而上学的空前热情。

有人说,《2001:太空漫游》不仅是一部科幻小说,甚至是一部史诗。阿瑟·克拉克只用1000字,就解决了人类往何处去的问题,所有的一切都是不断进化、终结的一部分。

作品中有着一种神性,那就是当承载着灵魂与思维的肉身灰飞烟灭的时候,意识和知识将永存。黑石,就是天启,也是上帝,它没有肉身,只有意志。它不仅推动着人类的历史进程,甚至掌控着整个的宇宙。

虽然作品曾被人批评晦涩难懂,哈尔的行为也缺乏理论的说明,大段的对于科技,景物的描写和陈述让作品显得枯燥。但大多数读者都认为,故事的发展顺理成章,有着深刻的主题,其中描写的景色绚烂动人,而又充满了原始的色彩,即使是在夸张的情节中也没有失去作者的主题思想。

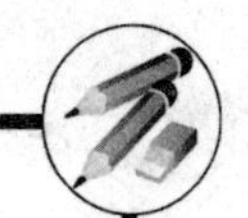

作品中所描绘的未来世界，不再是遥不可及的虚幻，而是如此的平凡实在。

对于晦涩难懂的批评，阿瑟·克拉克曾说过，你若看一眼就明白，那只能证明我们的失败。也许，这也是这部小说经久不衰的一个原因吧。

大卫·鲍曼在睡眠中辗转不安。他没醒过来，也没做梦，却并不是完全没有知觉。有什么东西像森林中的晨雾一般侵入他的思想。他只是朦胧中有所感觉，因为全面理解的冲击会毁掉他，正好像此刻在四壁之外熊熊燃烧的烈火一样。在造物者不带感情的考察下，鲍曼既不抱有希望，也不感到惧怕；一切情感都已被滤干净了。

他似乎是在自由的空间中飘浮，在他四面八方无限伸展着黑色线条组成的几何方格图形，线条上移动着小的光点——有的移动缓慢，有的快得使人眼花缭乱。

这种形象或者幻觉只持续了片刻。接着，晶体状的平面和格线，以及那些互相交错移动的光点的构图，都很快消失；而大卫·鲍曼也随着进入一种没人经历过的意识领域。

开始时，似乎时间在倒流。甚至这种奇迹他也准备接受，但他马上意识到，实际情况还要微妙得多。

记忆的源泉疏通了；在受到操纵的情况下，他重又经历自己的过去。旅馆套间——宇宙舱——红太阳的燃烧景色——银河的明亮核心——他重新回返宇宙时所通过的大门。不仅是形象，还有他的一切感觉印象，当时的一切情感都在倒流着，而且越流越快。他的一生好像一架磁带录音机，正以越来越快的速度被倒着重放一遍。

现在他又一次回到“发现号”上，土星的光环横亘在天际。

再往前，他又重新同哈尔进行那最后一次对话；他看着弗兰克·普尔离开去执行他最后一次任务；又一次听到地球的声音，向他保证一切都顺利。

甚至就在他重新经历这些事件时，他也知道一切的确是顺利的。时间在沿着时间的长廊倒退回去，正在被洗掉头脑中的知识的经验，被送回童年。当然，什么也没有丢失；他一生中每一刻所经历的，正在被安全地储存下来。一个大卫·鲍曼停止存在的时候，另一个大卫·鲍曼正在得到永生。

越来越快地，他重新度过已经遗忘的岁月，回到了更为简单的世界。他曾经喜爱过的、后来以为已经毫无印象的面孔，又在他眼前呈现出甜蜜的笑容。他高兴地以微笑作答，并不感到任何痛苦。

现在，那一个劲儿地倒退终于放慢速度；记忆的源泉已近于干涸。时间流动得越来越缓慢，渐渐趋向停滞——好像运动中的钟摆，摇到弧线的极限，一时似乎完全停顿，然后又开始新的振幅。

完全停顿的一刹那终于过去；钟摆向反方向摆过去。离开地球两万光年的一颗双星上，飘浮在火焰中的一间空室里，一个婴儿睁开了双眼，开始呱呱啼哭。

后来，婴儿安静下来，因为他发现自己已经不是单独一个人了。

一个闪光的可怕长方形在空气中形成。长方形凝固成晶体板块，由透明转变成浸透着乳白色的寒光。轮廓不清、时隐时现的影像在晶体板块的表面和深处游动。影像聚合成条条光柱和阴影，又复交叉成车轮条辐状，向四面放射，并开始旋转，其速度和这时充斥着整个宇宙的颤动节奏一致。

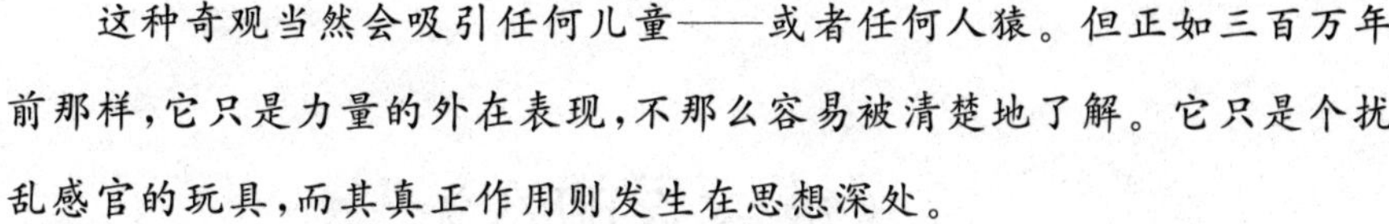

这种奇观当然会吸引任何儿童——或者任何人猿。但正如三百万年前那样，它只是力量的外在表现，不那么容易被清楚地了解。它只是个扰乱感官的玩具，而其真正作用则发生在思想深处。

# 8.《被毁灭的人》

☞ 作者:[美]阿尔弗雷德·贝斯特

☞ 译者:赵海虹

☞ 推荐版本:四川科技出版社 2004 年版

阿尔弗雷德·贝斯特(1913~1987),美国科幻大师,现代科幻小说的缔造者之一,1952 年,凭借《被毁灭的人》获得首届世界科幻大奖"雨果奖"。他是继阿瑟·克拉克、罗伯特·海因莱因、艾萨克·阿西莫夫等科幻大师之后,由美国科幻小说协会评选出的第九位科幻大师。他的作品对美国科幻小说的发展产生了深远的影响。

20 世纪 50 年代以后,贝斯特陆续发表了一系列优秀的短篇科幻小说,如《星光,明亮的星》(1953)、《被肢解的人》(1953)、《可爱的华氏度》(1954)、《虎! 虎!》(1956,后译为《星星,我的归宿》)、《谋杀穆罕默德的人》(1958)、《四小时神游》(1974)、《计算机联系》(1975)等。其中,《被毁灭的人》和《星星,我的归宿》的出版使他成为最核心的美国科幻界作家,这两部作品也成为科幻史上

阿尔弗雷德·贝斯特

的经典名著。《可爱的华氏度》是贝斯特最为著名的短篇之一。

1987 年,贝斯特在美国宾夕法尼亚州去世。同年,美国科幻与幻想小说协会授予他“星云奖”特别奖。

这是一件发生在未来世界的谋杀案。

未来的世界有一种人叫透思士,他们可以运用大脑思维解读能力(心灵感应)读出对方的思想与深层意识的行为,且拥有特殊的武器进行攻击和保护自己。根据能力的不同,分为一、二、三个等级,一级为最高级别。级别越高,责任越重,承担的工作也越复杂。比如,林肯·鲍威尔就是个一级透思士,他是警察局精神监察部的主任,负责协助警察破案以及预防罪案的发生。

本·赖克一直在做噩梦,梦中有一个没有脸的男人,他总是看不到这个男人的脸,每次都被惊叫声惊醒。尽管他已经请了一个二级透思士为自己治疗,但毫无效果。同时,由于生意失败,弄得他心烦意乱。德考特尼联合企业的克瑞恩·德考特尼就是他的竞争对手。如今,对手已经把他逼上了绝路。他向德考特尼发出了合并的请求,却遭到了对方的拒绝。赖克想不出别的办法,决定杀掉德考特尼。然而,在一个充满透思士的世界里,谋杀是根本不可能的。他需要一级透思士的帮助。

赖克找到了一级超感医师奥古斯塔斯·泰德,让他帮助自己屏蔽其他透思士的窥探。如果事成,将帮助泰德成为透思士中的首领,并支持他的改革计划。泰德同意帮助赖克。

赖克首先诱使玛丽亚·博蒙特在晚宴中选择了一个叫沙丁鱼的游戏,这个游戏就是,当灯光熄灭后,沙丁鱼躲在暗处,任何找到沙丁鱼的人

《被毁灭的人》中文版封面



都要和沙丁鱼挤在一起，只留下那个最后找到沙丁鱼的人在黑暗中。这个游戏有利于他谋杀计划的实施。

然后，赖克又向一个二级透思士丘奇购买了一把手枪，并记住了一首十分难缠的歌，用于阻挠透思士窥探他的思想。

在泰德的帮助下，计划很顺利地实施了。但在赖克举枪要杀死德考特尼的时候，竟发现德考特尼统当时已经同意了他的合并计划，但他还是杀死了德考特尼。不料，正巧被德考特尼的女儿芭芭拉看见了这一幕。芭芭拉受到了极大的刺激，夺门而出。赖克和泰德来不及追赶，只好暂时留在了现场。

鲍威尔认定赖克是凶手，并围绕赖克进行了一系列调查。二人同时追查芭芭拉的下落。为了尽快找到芭芭拉，赖克求助于恶棍科诺·奎扎德。科诺·奎扎德在一间算命的小屋里找到了已经精神崩溃的芭芭拉。鲍威尔同时赶到，救下了芭芭拉，但凶器却被赖克拿走了。

为了帮助芭芭拉尽快恢复神智，找到真凶，鲍威尔为芭芭拉实施了治疗。让她重新经历自己的出生和成长，从而治愈心灵的创伤。与此同时，鲍威尔找到了泰德和丘奇，迫使二人认罪并协助他。但泰德却在丘奇的当铺中被杀掉了。为了灭口，赖克借飞船失事杀掉了奎扎德。他的破绽越来越多。在他准备杀死密码部主管哈素普时，鲍威尔赶到，救了哈素普。

警方准备正式起诉赖克，电脑莫斯却判定此案出于情感因素不予立案，令鲍威尔等大惑不解。同时，赖克发现有人要谋杀他，气急败坏地冲到鲍威尔家，发现了在童年时期的芭芭拉，而他，竟无法对芭芭拉开枪。

鲍威尔向赖克承认自己无法起诉他，赖克狂喜。透思士们发现赖克拥有着影响世界的力量，为了维持世界的安定，不让它陷入一个人的独裁中，鲍威尔决定实施密集式精神力量集中投放。在这场战斗中，鲍威尔胜利了，赖克彻底崩溃了。鲍威尔也终于知道，赖克竟然是德考特尼抛弃的私生子。由于赖克心里一直对德考特尼有着怨恨和愤怒，才会曲解德考特尼的意思，将同意合并理解为拒绝。那个没有脸的男人，就是德考特尼。

芭芭拉经过治疗，终于痊愈了，她爱上了鲍威尔。由于透思士的伴侣也必须是透思士，芭芭拉一直以为自己的爱情无望。鲍威尔却发现芭芭拉是一个潜在的超感师。爱情终于有了结果，两人开始了甜蜜的爱情之旅。

## 影响和评价

私生子谋杀父亲，这并不是什么新鲜的故事。然而把这样一个故事放在未来，放在一个充满透思士，随时都有人能窥探你的思想，你的想法就像在阳光下一样无所遁形的未来世界，再加上曲折的情节，思辨犀利的对话，独特的创造力和超出其创作年代的前卫思想，就变成了一个经久不衰的好故事。《被毁灭的人》被定位为现代科幻小说中的经典。

贝斯特从宏观和微观两个方面描绘了他心中的未来世界，使这个未来如此地与众不同，充满了科幻色彩。欲望与超感的对抗，是如此地惊心动魄，给人留下了深刻的印象。作者的想象力得到了充分的发挥，人物栩栩如生，又个性鲜明。

这不是一个关于复仇的简单的故事。在这部小说中，贝斯特并不是简单地告诉读者什么是好人，什么是坏人，什么是正义，什么是邪恶，而是进一步深入地探讨人类的本性，那些深埋于人内心中的欲望和潜能。他那极富感情的写作手法，激发了读者对于生命、梦想和价值的思考。贝斯特在这里并没有像别的科幻小说一样，展现对人类命运的关注，而是把注意力放在了个体上，它讨论的是人性和人与人之间的关系的永恒主题。人类如何才能正视自己的内心？如何才能不被愤怒和仇恨蒙蔽？是我们读后一直会思考的问题。

九点差一分，超感行会十五名委员中的十人在宋才主席的办公室里集合。有紧急情况需要他们讨论。九点零一分，情况处理完毕，休会。在这一百二十超感秒内，发生了以下事情：

槌子一声敲击

一张钟面

时钟指着九点

分针指着59分

秒针指着60秒

紧急会议

审核林肯·鲍威尔的动议：以鲍威尔为渠道，实施“密集式精神力量集中投放”。

（惊骇）

宋才：你是在开玩笑，鲍威尔。你怎么能提出这种要求？有什么事情需要采取这种非同寻常、极度危险的措施。

鲍威尔：德考特尼一案出现了惊人的进展，请大家都看一看。

（检查）

鲍威尔：你们都知道赖克是我们最危险的敌人。他支持着反超感运动，对我们大肆诽谤。除非这个运动被制止，否则我们超感师将遭受历史上受歧视的少数派的共同命运。

@金斯：完全正确。

鲍威尔：他还支持着超感义士团。除非这个团体被封杀，我们也可能被卷入一场内战，最后陷入永久性的内部混乱。

弗兰辛：是这样。

鲍威尔：但是除此之外，你们都检查到了另外一个进展。赖克即将成为一个星系的焦点……已经发生的过去和可能的未来之间最关键的联结点。此刻他正处于强势调整的边缘。时间是关键。

如果赖克在我们有所作为之前调整成功，重新定位自己，我们的现实将不可能对他造成任何伤害，我们的攻击无法对他造成伤害，他将成为整个星系中理性与现实的致命敌人。

（警报）

@金斯：你肯定是夸大其词吧，鲍威尔。

鲍威尔:是吗?检查我头脑里的图景吧。看看赖克在时间与空间中的位置。他的信念将变成这个世界的信念,他的现实将成为这个世界的现实,难道不是这样吗?以他无比的权力、精力和智慧,发展下去会如何?这绝对是一条通向彻底毁灭的道路。

(信服)

宋才:是这样。尽管如此,我还是不愿意批准实施"密集式精神力量集中投放"。你应该记得,在以往的尝试中,集中投放摧毁了渠道,无一例外。你太有价值了,不应该毁灭,鲍威尔。

鲍威尔:请务必允许我冒这个险。赖克是一个罕见的宇宙的破坏者……现在还是孩子,但就要成熟了。而现实中的一切……超感师、普通人、地球、太阳系、宇宙自身……一切都岌岌可危,命系于他。绝不能允许他在错误的现实中觉醒。我在此提出请求。

弗兰辛:你在让我们为你的死亡投票。

鲍威尔:或是我死,或是我们熟知的一切事物死亡。我提出请求。

@金斯:赖克想怎么觉醒就怎么觉醒,随他去吧。既然我们已经警觉了,就有时间在下一个十字路口攻击他。

鲍威尔:请求!我提出请求!

(同意请求)

休会

一张钟面

时钟指着九点

分针指着01

秒针指着"毁灭"

# 9.《钢窟》

☞ 作者:[美]艾萨克·阿西莫夫

☞ 译者:倪允仁

☞ 推荐版本:中国少年儿童出版社 2003 年版

艾萨克·阿西莫夫(1920～1992),出生于俄罗斯的美籍犹太人,当代美国最著名的科幻大师,世界级的顶尖科幻小说家,文学评论家,美国科幻小说黄金时代的代表人物之一,曾获代表科幻小说最高荣誉的雨果奖和星云终身成就"大师奖"。以其名字命名的《阿西莫夫科幻小说》杂志,至今仍然是在美国排行数一数二的科幻文学畅销杂志。

阿西莫夫

艾萨克是一位多产的作家,一生有著作近 500 部,内容涉及数理化、天文、生物、医学、文学、宗教、史地等各个方面。其中,科幻小说 100 多部。其中"基地"、"机器人"和"帝国"三大系列作品为他赢得了无数赞誉。在这些作品中,他提出了著名的"阿西莫夫机器人三定律",即机器人不可伤害人,也不可因为怠工使人遭受不幸;机器人必须服从人发给的命令,除非这样的命令与第一条相抵触;机器人必须保护自身的存在,只要这种保护不与第一和第二条相抵触。

化学家出身的艾萨克知识丰富，拥有深厚而扎实的科学功底，他渊博的知识和丰富的想象力，不仅使他的世界拥有着奇幻的想象和高度的预言性，而且他自己也成为一个极受欢迎的公众人物，演说家，被民众称为“民族奇迹”和“自然资源”。

故事发生在三千多年后的美国。此时的社会和城市结构与我们现在的社会有着很大的不同。纽约市，不再是一座摩天大楼林立的城市，而是成为一座钢铁之城。两千万人居住在两千平方米的钢窟之中，与自然完全隔离开来，看不见阳光，也看不见星星，没有原野，也没有海洋，甚至没有窗户。地球人不但不能适应于自然一起生活，他们甚至开始害怕自然。即使是白天，也没人敢独自穿过原野。食物由巨大的酵酶工厂生产，人们吃的全是人工合成的制品，虽然营养并不缺乏，却失去了美味的口感。牛肉和鸡肉是特权阶级才能享有的美味。地球人呼吸着人工空气，气温完全靠人工调节。地球人根据级别，享有在钢窟内不同的室内面积。

除了地球人以外，还有太空人和机器人。太空人本来也是地球人，他们是地球殖民者的后裔，生活在别的星球上，文明和科技比地球人发达。太空人研制的机器人比地球人研制的先进，且有逐渐取代地球人工作的趋势。因此，地球人与机器人和太空人之间的矛盾很深。

故事从地球人的警局开始。在与钢窟相连的太空城里，机器人专家萨尔顿被杀了。太空人怀疑是地球人干的，因此命令警察局局长朱里尔·安德比派人追查此事，同时，太空人也派了机器人丹尼尔协助一起调查。朱里尔令C5级刑警伊利亚·贝莱接手了此案。伊利亚·贝莱是个

《钢窟》英文版封面

典型的地球人，因此也十分仇视机器人和太空人，但为了得到升迁的机会，也为了保住自己的工作，只得接受与丹尼尔一起共事。

在和丹尼尔回家的第一天晚上，他们碰到了鞋店暴动。人们嚷着要拆毁鞋店里的三个机器人。丹尼尔拿出爆破枪，制止了暴动，却令贝莱心生疑惑。丹尼尔跟贝莱回家时，贝莱的妻子杰西和儿子班特莱都没有发现丹尼尔是机器人。

在午餐时，丹尼尔发现有 8 个暴动时出现的人在跟踪他和贝莱。贝莱想办法甩掉了他们。贝莱和丹尼尔要去太空城见太空人，朱里尔知道后大为紧张。汉·法斯托夫是太空人方面此案的负责人。他向贝莱说明了萨尔顿设计丹尼尔的用意。原来，由于资源有限，太空人想用机器人取代地球人的工作，让地球人继续殖民其他的星球。但地球人对机器人和太空人的误会越来越深，此项计划很难实施。萨尔顿教授研制了外表和

地球人极像的丹尼尔，来研究地球人的心理，促使此项计划的实施。贝莱对此项建议虽然并不热衷，但也没有反对。

贝莱告诉法斯托夫，他认为丹尼尔就是萨尔顿教授，死的那个是机器人。但法斯托夫却证实了丹尼尔确实是机器人。

贝莱又怀疑丹尼尔是个失败的作品，即丹尼尔是违反机器人三法则创造出来的。但一个机器人专家却证实丹尼尔是严格按照法则制造的机器人。贝莱的推断又一次被推翻。

就在贝莱陷入僵局时，杰西向他承认自己是一个非法中古主义团体的一员。贝莱和丹尼尔去酵酶工厂抓捕一名中古主义团体成员，回警局时却发现机器人山米被杀了。朱里尔于是对全警局的人展开了调查。同时，丹尼尔告诉贝莱，萨尔顿的案子将在午夜时截止，因为他们已经开始了促使地球人殖民的计划。由于山米见到了杰西来警局找自己，贝莱成为谋杀机器人的嫌疑犯。为了摆脱嫌疑，也为了保住工作，贝莱在最后时刻发现了此案的真凶，正是局长朱里尔。

原来，朱里尔也是那个中古主义团体的成员。他听说萨尔顿制造了一个和人类极像的机器人，就想把机器人杀掉。他让山米带着爆破枪穿越了原野，来到了太空城。但朱里尔由于过于紧张，竟将和丹尼尔一模一样的教授萨尔顿误杀，且在现场留下了自己的眼镜碎片。由于朱里尔的地位对于推行殖民计划非常有利，太空人决定不追究朱里尔的责任。地球人向外星的殖民计划也就此开始。

《钢窟》是一部经典科幻推理小说。艾萨克巧妙地将科幻与推理结合起来，以推理组成小说的情节，而科幻则为小说提供了环境和背景。二者

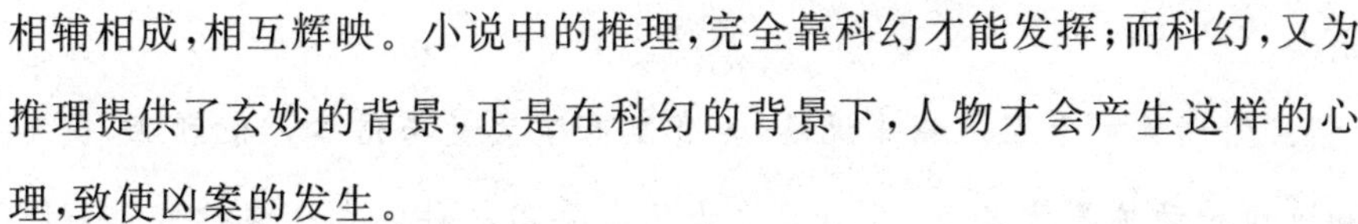

相辅相成，相互辉映。小说中的推理，完全靠科幻才能发挥；而科幻，又为推理提供了玄妙的背景，正是在科幻的背景下，人物才会产生这样的心理，致使凶案的发生。

钢窟其实和我们现在的社会没什么不同，我们虽然没有生活在钢铁城市里，却是生活在石头森林中。一样的封闭，一样的离自然越来越远，甚至只能靠在城市里制造一点人工的绿色，才能提醒自己，曾经和自然如此地亲近过。艾萨克将人类的这种自我封闭典型化，进行夸张处理。虽然我们还没有像小说中的地球人一样害怕自然，无法在原野中行走，但远离自然却可能造成同样的后果。

在这篇小说中，机器人完全为人类服务，根本不会伤害人类。这反映出了艾萨克的一种观点，即机器人是人类科技进步的象征。人类必将运用知识，使科技服务于人类，甚至可以救人类于水火之中。而不是像有些人担心的那样，科技将成为人类的梦魇。艾萨克将实用主义和娴熟的推理运用到他的小说中，他的推理甚至能做到向世俗进行挑战，从而将一种新的逻辑模式引入到科幻小说中，并在自己的作品中赶走了哥特式迷信的阴影。艾萨克以一种宏观的视野体现着自己的对人类未来的关切，并且使作品超越了一般科幻作品的局限。

R·丹尼尔还没等他说完话就开口道："我对你感到非常遗憾，伊利亚伙伴，不过，我却为局长感到高兴，你这些话说了等于没说。我曾经告诉过你，局长的脑波解析显示，他不可能故意去杀人。我不知道该用哪些词汇来说明他这种精神上的现象、懦弱、良知或者是同情心。这些词汇在字典上的解释我明白，可是我无法判断。但无论如何，总之，局长没有谋杀人。”

“谢谢你。”朱里尔喃喃说道，声音里有了力量与信心，“伊利亚，我不知道你的动机是什么，也不知道你为什么要用这种方式来毁掉我，不过，我一定会弄个水落石出”

“别急，”贝莱打断他：“我还没讲完呢。看看这个东西。”

他拿出那个方形小铝块，把它重重摔在朱里尔的桌子上，仿佛这一摔可以加强自己的信心和力量。他不让自己去看事实真相已经有半小时了，他不知道影片上会出现什么画面。他在赌。他最后能做的，也只是赌赌运气罢了。

朱里尔一看见这个小东西，身体不自觉往后一缩。“这是什么？”

“放心，不是炸弹。”贝莱语带讽刺：“只是一具普通的微型放映机。”

“哦？这又能证明什么？”

“我们现在就来看看能证明什么。”贝莱伸手碰了碰方块上的某道细缝，局长室一角顿时一片空白，接着又亮起来，显现出一幕立体的异国影象。

影像从地板延伸到天花板，还延伸到房间的墙外去。他们眼前晃动着一种灰色的光线，是城市里的光源设施从来无法提供的光线。

贝莱怀着厌恶、欢喜的痛苦心情想道：这大概就是他们所说的黎明天光吧。

在这种光线中，沙顿博士的圆顶屋出现了。沙顿博士的身体占满了影像中央，看起来支离破碎，十分恐怖。

朱里尔看着，眼珠子都鼓出来了。

“我知道局长不是一个会杀人的人。”贝莱开口：“这一点我不需要你来告诉我，丹尼尔。要是我早点想通，我早就把案子解决了。而事实上，

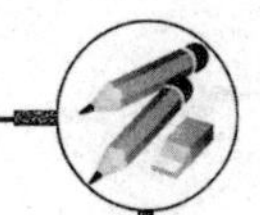

我不过是在一个小时之前才想通的。我在无意之中提到你曾经对班特莱的隐形眼镜好奇，突然之间，我想通了答案就是你，局长。我想到你的近视眼和你的眼镜，这就是答案的关键。我猜他们外世界大概没有近视眼吧，否则他们可能早就找到答案了。所以请问你，局长，你是在什么时候摔破眼镜的？"

"你是什么意思？"朱里尔道。

贝莱说："当你第一次找我，跟我谈这个案子时，你说你在太空城摔破了眼镜。我以为你是在听到谋杀案发生时一下子激动得把眼镜摔破了。然而你并没有这样讲，我也没有理由如此假设。事实上，如果你在进入太空城时就带着满脑子的犯罪意念，那么你在动手杀人之前早就紧张得足以把眼镜摔破了。我说得对不对？事实上就是如此，对吗？"

R·丹尼尔插嘴："我不明白你这些话的主题是什么，伊利亚伙伴。"

贝莱心想：我只能再做十分钟的伊利亚伙伴了。快！快说！快想！他一面说一面调整沙顿的圆顶屋景象。他笨拙地把它扩大，因为全身紧张，他的手指甲有点不太稳定。跟前的身体随着画面的一收一放缓缓扩大、增长、加宽，逐渐逼近。

贝莱几乎已经闻到身体焦臭的气味了。沙顿博士的头部、肩膀还有一截胳臂乱七八糟横陈在那儿，底下是一条焦黑的脊椎残骸，连着臀部以及双腿，而烧糊的肋骨则从脊椎上面突出来。

贝莱以眼角瞥了朱里尔一眼。朱里尔已经闭上眼睛，一副想吐的样子。贝莱自己也很想吐，但他必须睁大眼睛看个清楚。他慢慢转动影像传送的控制开关，立体画面旋转起来，身体四周的地面呈现在连续的四分圆上。他的指甲划了一下，画面上的地面突然歪斜，并且伸展开来，最后地面和体都模糊一团，超出了传送器的析像能力范围。贝莱把画面收小，

让身体从画面上滑开。

他仍然在说话。他必须要说话。在他找到他要找的东西以前，他不能停下来。如果他找不到那个东西，那他刚才所说的话都算是白说了。甚至比白说还糟糕。他的心在怦怦跳，他的脑袋在发胀。

# 10.《发条橙》

☞ 作者:[英]安东尼·伯吉斯

☞ 译者:王之光,蒲隆

☞ 推荐版本:译林出版社 2001 年版

安东尼·伯吉斯(1917～1993),英国小说家、评论家、剧作家和作曲家,还曾经是歌词作者、诗人、编剧、新闻工作者、小品文作家、旅行作家、播报员、翻译和教育家。他一生著作超过 50 部,曾获诺贝尔奖提名。他最有名的小说就是《发条橙》,后被改编成电影。正是这部小说,使他被誉为具有喜剧和讽刺天才的小说家。

安东尼·伯吉斯

他的著作除《发条橙》外,还有《孤掌难鸣》、《缺少的种子》、《恩德比先生的内心》、《圣维纳斯之夜》、《恩德比的外貌》、《恩德比的结局》、《尘世权力》、《邪恶的王国》、《钢琴手》、《蓄意的颤栗》、《尘世权利》、《戴仆特佛的死者》等。

安东尼的作品探讨现代社会的困境,用词极富创造性,且趣味横生,主题严肃认真,并总是带有一种古怪的暗示。除了写作长、短篇小说以

外，安东尼也以写作文学批评著称。他还撰写了电影剧本，翻译戏剧作品，并著有海明威、乔伊斯、莎士比亚等人的传记。

故事发生在并不遥远的未来英国。那时，人类的科技已经很发达，并在月球上建立了定居点，地球却变得一塌糊涂。

白天，人们好像正常的生活着，到了夜晚，世界却变成了恐怖的地狱。暴力犯罪、抢劫、强奸、械斗层出不穷。

《发条橙》中文版封面



亚历克斯、彼得、乔治和丁姆就是生活在地球上的少年，他们是人们

夜里的梦魇之一。

亚历克斯只有15岁，却已经是个暴力犯罪的老手了。他率领着其他三人殴打了一个从图书馆出来的教授，接着又洗劫了商店。开车到了偏僻的农村，闯进了陌生人家。殴打了男主人，轮奸了女主人，致使女主人死亡。

第二天，亚历克斯又在音像店诱拐了两个10岁左右的女孩，将二人诱骗回家后，诱奸。

在一次抢劫富有老太婆的过程中，由于老太婆很机警，在亚历克斯刚敲门的时候就报了案，他的兄弟们又背叛了他，亚历克斯被警察抓住了。因为亚历克斯打死了老太婆，最终被判14年徒刑。

在狱中两年，亚历克斯没有丝毫的改变，依然崇尚暴力，而且还学会了谄媚讨好警官及狱友。他和狱友一起，打死了狱中的一个老头。政府最终决定对他实施矫正疗法。据说，经过矫正疗法，不仅能使人改过自新，而且只需要两周的时间就可以改造一个人。

亚历克斯被送到国家罪犯改造研究所进行治疗。每天他都会被注射一种药物，并观看暴力电影。电影里充斥着各种各样的暴力犯罪行为。亚历克斯被迫每天观看电影，直到他的身体像见到毒蛇一样对暴力产生迅捷而强烈的反应，即呕吐、恶心，甚至渴望被别人殴打。

两个星期过后，亚历克斯出狱了。他果然对犯罪产生了强烈的反应。被别人殴打时，甚至无法还手。虽然在生理上已经不能犯罪，但他的心里却依然渴望。

亚历克斯回家后，发现自己的房间已经被父母租出去了，而且父母对他的感情冷淡。亚历克斯无家可归，只好离开家。在路上，遇到了以前被自己殴打过的教授后，又被一群老头围攻。警察制止了群殴行为，亚历克

斯惊奇地发现警察居然是自己以前的流氓朋友。他们把亚历克斯带到乡间，把他毒打了一顿。

亚历克斯逃到了一个农户家，发现竟然是自己两年前洗劫过的作家夫妇。作家的妻子因为被轮奸和殴打，早已去世。作家虽然发现了亚历克斯是当年的凶手之一，却没有点破，而是对他进行了适度的刺激。在心里渴望犯罪但又不能的矛盾中，亚历克斯从楼上跳下，在医院躺了一个星期，竟然又活了过来。

医生对他进行了深度睡眠教学法，他又变成了从前的亚历克斯。但在他的内心却产生了困惑，自由意志复苏。他虽然渴望新的生活，渴望娶妻生子，却无法肯定，自己的孩子是否会重蹈覆辙。

《发条橙》的创作灵感来源于安东尼的生活。他的妻子在伦敦街头无故遭到 4 名美国大兵的殴打。除了因此不幸流产之外，她终生都为经期紊乱所苦。安东尼希望这本小说能够起到净化作用，当作一种“救赎行为”，帮助那些遭受无知男性施暴的弱小妇女摆脱困境。虽然小说本身并不能帮助受害的妇女摆脱困境，但却把事实呈现在了人们的眼前，这也是作者认为的小说家的职责。书名的意思是“标志着把机械论道德观应用到甘甜多汁的活的机体上去”。

这部小说被评论家海门评为“野蛮”的作品，就连作家本人也很意外它的成功。安东尼并没有像一般科幻小说一样，描绘未来高度发达的科技，而是描绘出人类移居月球后，地球上一片混乱，失去了法律秩序的景象。相较于其他科幻小说家，安东尼更关心的是人类的精神（即个体自由）以及它的发展方向。他认为选择道德权比行善更重要。故事发生的

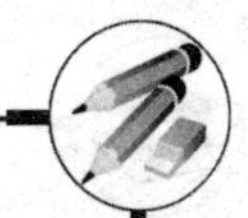

时代，属于后现代社会，即一种“消费资本主义”作为主导的社会，很多东西都成为一次性的消费品。人们不再满足于现有的一切，而是渴望一种新的刺激。后现代主义并不是对现代主义的批判或激进否定，而是对其进行极度夸大，因为它比现代主义还现代。由于这些形式上的否定之否定，现代社会通行的许多准则都不管用了。比如，主人公不会对自己的犯罪行为负责，贝多芬的《第九交响曲》也被篡改，甚至成了一种噪音。主体失去了选择权，无法对自己的行为负责。现在的美国社会总是有学校的枪击案发生，这或许也是一种失去主体性的体现。

除此之外，《发条橙》还是一部很有哲理意义的小说。在情节上，人为安排的痕迹十分明显，故事的对称性也受到了东方人因果报应的影响，同时加强了作品的戏剧色彩。当然，作者这样安排的意图是想说明，为恶确实是不好，但却不一定是最糟的，因为善里包含着太多的伪善，伪善的产生来源于社会的发展。因为自从人类移居月球后，地球就被抛弃了，再也没有了秩序。作者固然反对恶，但对恶也没有什么偏见。文中出现的大量的纳查奇语，除了排除富含“文化”意义的常用词外，也是对色情描写的一种掩饰。

安东尼一直以一种很客观的态度对待恶行，即使生活遭受了不幸。他在讽刺善的同时也在鞭笞恶，给读者一种和谐的背景，也组成了作品人文精神的一部分。就是在这种交织中，才使读者不至于因为其中的恶行而中途弃卷。

“你们不必再搞下去了，长官。”我狡猾地调整了态度，“你们已经向我证明，所有这些打斗、超级暴力、杀戮是错的，大错特错的。我已经受到了教训，长官们，我现在明白了以前所不明白的东西。我痊愈了，赞美上帝。”我以神圣的方式把眼睛抬向天花板，但两个大夫悲哀地摇摇格利佛，布罗兹基大夫说：

“你还没有痊愈呢。还有许多事要做的，只有当你的身体像见到毒蛇一样对暴力产生迅捷而强烈的反应，不需要我们进一步帮助，不用药物，只有那时……”我说：

“可是，长官，长官们，我明白那样是错了。错就错在它反社会，因为地球上人人都有生存的权利，幸福生活不能伴有毒打、推搡、刀刺。我学会了很多，真的很多。”但布罗兹基大夫听了大笑一阵，露出全副白牙，说：

“理性时代的异端邪说，”还有一些诸如此类的话，“我明白什么是对的，并加以称许，但错的东西要照做不误。不不，孩子，你必须把一切交给我们。而且要愉快从事。很快就会圆满结束的，不消两个礼拜，你就获得自由啦。”随后他拍拍我的肩膀。

不消两个礼拜，弟兄们、朋友们哪，它长久得就像人生一世似的，就像从世界首日到世界末日。不减刑服完国监的十四年徒刑，也根本不能和它相提并论，天天都是老一套。不过，与两位大夫谈心后四天，那姑娘拿着注射液过来时，我说：“哦，你不能，”一边推开她的手，针筒掉在地上叮铃啪嗒一下。那是为了观察他们怎么办，他们呢，就让手下四五个大个白大褂杂种把我摁在铺位上，狞笑的面孔紧贴我的脸，推搡着我，随后这护士小姐说：“你这邪恶顽皮的小魔鬼，”同时用另一管针筒猛刺我的手臂，残酷地把这物质喷进去。最后，我精疲力竭了，同以前一样被轮椅推到地狱般的电影院。

每天，电影都是大同小异，全是拳打脚踢，红红鲜血从面孔和身体上滴下，溅得满镜头都是。通常是穿着纳查奇时装的狞笑着的男孩子，也有嘿嘿窃笑的日本折磨者，或者凶残的纳粹踢人者和射击手。日复一日，恶心、头痛、牙痛，厉害厉害的口渴，生不如死的感觉正在变本加厉。直到有一天早晨，我试图通过掉头撞墙，一撞撞到不省人事，来击败这些杂种，可是结局却是，看到这种暴力颇像电影中的暴力，我感到恶心，所以反而精疲力竭，听凭他们打针，照样推走了事。

# 11.《美妙的新世界》

☞ 作者:[英]阿道斯·伦纳德·赫胥黎

☞ 译者:孙法理

☞ 推荐版本:译林出版社 2000 年版

阿道斯·伦纳德·赫胥黎(1894～1963),英国杰出的社会批判家,作家,神秘主义者,著名生物学家托马斯·亨利·赫胥黎的孙子。

赫胥黎曾梦想成为一名医生,但由于在伊顿公学染上角膜炎,几乎双目失明,不得不放弃初衷,开始从事文学创作。他最初为许多期刊撰写文学报道,后开始写长篇小说。他的作品有长篇小说《铬黄》(1921)、《古怪的乡村圆舞曲》(1923)、《光秃秃的树叶》(1925)、《点对点》(1923)、《瞎了眼睛在噶扎》(1936)、《几个夏季之后》(1939)、《时间需静止》(1944)、《天才与女神》(1955)、《岛》(1962)等;还有短篇小说集《地狱的边境》、诗歌、散文和戏剧作品。在他的小说《知觉之门》中,他描写了通过服用致幻剂(仙人球毒硷)导致迷幻状态的过程和在其中体验到的感知觉和意识的改变。这

阿道斯·伦纳德·赫胥黎

种经历，在他最脍炙人口的作品《美妙的新世界》中也有描写。

《美妙的新世界》中文版封面

故事从中央伦敦孵化与条件设置中心开始。一群学生去这里参观学习人的孕育和条件设置过程。在主任的介绍中，我们知道在美妙的新世界里，人类的繁殖已经取消了胎生，采用人工生殖，然后再采用生物化学方法从中划分出种姓，即α（阿尔法），β（比塔），γ（伽玛），δ（德尔塔），ε（爱扑塞隆）。其中阿尔法等级最高，依次递减，爱扑塞隆等级最低。每个种姓又分加减，如阿尔法加，阿尔法减。带学生去参观的中心主任就是个阿尔法加。阿尔法和比塔属于高种姓，其他三个则属于低种姓。

主任依次向学生们介绍了波坎诺夫斯基程序，即它可使一个卵子萌蘖、增生、分裂,形成 8 至 96 个胚芽,每个胚芽可以成长为一个完整的胚胎,每一个胚胎将会成长为一个完整的成人。通过控制不同的胚胎瓶子的氧气,并向其添加不同的物质,来控制胚胎的智力,性格以及种姓。除此之外,在幼儿期通过潜意识教育,即通过睡眠教育和条件反射刺激使各个种姓的人安于自己的地位,从而保证社会的稳定。睡眠教育在儿童入睡后进行,通过不断地重复使不同种姓的儿童对自己种姓产生认同,由此产生幸福感。如:我以我是个比塔而高兴,阿尔法太辛苦,而伽玛、德尔塔、爱扑塞隆又太可怜。条件反射则培养人的爱憎,如用噪声和点击使人厌恶花朵和书籍。

通过波坎诺夫斯基程序创造出的同一种姓的人,有着相似的外表和身高,这点在低种姓上表现最为明显。

在参观过程中,他们碰到了技术员亨利·福斯特,由亨利向他们介绍了卵子的孵化记录;还碰到了护士列宁娜·克朗,一个美丽的比塔减姑娘。

在花园中,他们遇到了总统,穆斯塔法·蒙德,总统向学生们说明了为什么在这个世界里,“妈妈”、“爸爸”、“家”代表着猥亵和肮脏,因为这些会使人产生感情,从而影响社会的稳定;也说明了为什么在这个世界里,没有历史,基于同样的原因,因为这些会使人懂得感情,从而影响社会的稳定。

结束了参观后,镜头又回到条件设置中心。列宁娜正和朋友范尼·克朗谈起自己男友亨利,范尼认为长期与一个人保持关系是有害的,列宁娜听从了范尼的建议,决定与新的对象伯纳·马克思约会,他是一个阿尔法加,睡眠教育专家。他可能是因为在胚胎期受到了酒精的刺激,比同种姓的阿尔法人个子矮小,长相也不英俊,从而受到了别人的排挤和嘲笑。

他常以局外人自居，且心怀不满。在追求女孩方面，也很害羞。别人都觉得他很古怪，不是个好的交往对象。

赫姆霍尔兹·华生是阿尔法加，是情绪工程学院的讲师，他长相英俊，很受人们欢迎。由于渴望自由也渴望体会到感情从而写出好作品，显得与自己的族群格格不入，因此感到很孤独。这种孤独感与伯纳很相似，两个人因此而成为朋友。

在约会中，伯纳向列宁娜表达了自己渴望自由，想要有情感的想法，吓到了列宁娜。因为在这个世界，每个人都是集体的一部分，渴望自由是罪恶的想法；至于情感，“个人一动感情，社会就难稳定”，也是不允许的。

主任知道了伯纳的想法后，威胁他如果他再坚持自己的想法，将把他流放到海岛上去。但伯纳根本没有在意，以为主任不过是吓唬他。在这个世界，不可能经历真正的痛苦和磨难，心情不好或者与人争执的时候，只要吃一片唆麻，就一切解决了。因为“与其受烦恼，不如唆麻好”。

伯纳与列宁娜到印第安保留地度假。在这里，伯纳碰到主任以前的情人，琳妲，一个比塔减。由于两人在保留地度假时遇到暴风雨，主任与琳妲失散，便独自一人回到了文明社会。琳妲则被印第安人救起，到了印第安保留地生活，还生下了她与主任的孩子，野蛮人约翰。琳妲在新世界是个胎孕员，什么都不会做，由于坚持新世界的习惯——与男人滥交，因此受到了印第安妇女的殴打。失去了药物，琳妲四十多岁就已经变得衰老不堪。

伯纳知道这一切以后，认为是个报复主任的好机会，想办法把母子二人带回了新世界，果然一举击垮了主任。由于大家都想见这个与众不同的野蛮人，伯纳的身价骤升，不仅变成了很多姑娘追求的对象，而且他的族群也接纳了他，甚至一些大人物也要为了见野蛮人一面而巴结他。伯纳甚至还向总统进言，引起了总统的不快。

琳妲回到新世界后，无法再融入这个世界，而她自己，也一心只想度唆麻假。医生供给她大量的唆麻，终于对她的健康造成了影响。她中了唆麻毒，在回到新世界不久后就死去了。

野蛮人本来对新世界充满向往，他爱上了列宁娜。但在新世界中，他却发现这个没有自由，没有情感，没有历史的世界令人窒息；发现他所热爱的列宁娜不过是个交际花，他对这个世界失望至极。在一次为德尔塔发放唆麻的活动中，他冲过去，扔掉了唆麻，激起了德尔塔的愤怒，引起了混战。赫姆霍尔兹和伯纳听说后，也赶了过去。赫姆霍尔兹也像野蛮人一样，加入了混战。伯纳虽然只是在一边旁观，却也被当作了同伙，被抓到了总统面前。

由于唆麻事件，赫姆霍尔兹和伯纳被流放到了海岛。野蛮人则选择了在灯塔隐居，自己种食物，享受着孤独和自由。由于内心的痛苦，他用鞭子鞭笞自己，却引来了记者、好奇的民众和列宁娜。在多重的围堵的压力下，野蛮人自杀了。

《美妙的新世界》是“反乌托邦三部曲”之一，是阿道斯·赫胥黎著名的幻想小说，含义深刻，发人深省，同时也很畅销。布赖恩·奥尔迪斯称它“也许是西方世界最著名的科幻小说”。它于1932年出版，至今已再版多次，是本世纪影响很大的科幻小说之一。它不仅仅向人们展现了一张未来世界的图景，而且在人文思想方面有着很重要的影响。

《美妙的新世界》所描写的世界，物质极其丰富，但人们却没有思想，从出生到死亡都是按照已经规定好的轨迹走。除了在试管里被赋予的才

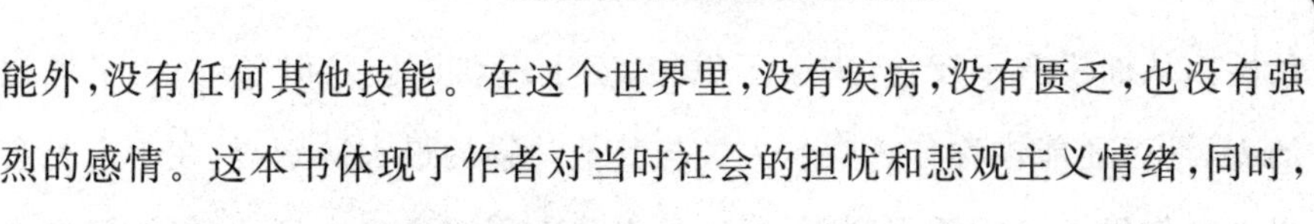

能外，没有任何其他技能。在这个世界里，没有疾病，没有匮乏，也没有强烈的感情。这本书体现了作者对当时社会的担忧和悲观主义情绪，同时，也是作者对于社会发展方向的思考。

此书的名字来自于莎士比亚的传奇剧《暴风雨》。在该剧第五幕第一场中，公主米兰达偶然看见了一群从海难中生还的人，由于她从小生活在荒岛上，除了自己的父亲以外没有见过别人，所以说道："神奇呀，这里有好多好看的人！人类是多么美丽！啊，美妙的新世界，有这么多出色的人物。"读过《美妙的新世界》后，我们知道，虽然作者引用了米兰达的这句话，可这个世界的人物却和公主所描述的样子不一样。他们虽然美丽，但仅仅是外表；他们虽然聪明，但却不能算是出色。在这个社会里，虽然物质极大地丰富，但人类却没有了感情，"社会、本分、稳定"充斥了整个世界，但人，却被完全忽略了。

作者以这本书向读者提出了一个问题：如果满足人类一切的物质欲望，人类是否就算是幸福了？作者在序言中说：在一个清醒的社会里，宗教是对于人类终极问题的自觉的、理性的追求，是对于遍及宇宙万物的"道"、"理体"、高超的"神性"或是"梵天"的统摄全局的知识的追求。生活的压倒的哲学应该是一种高级的功利主义，其中最大的快乐原则须从属于终极目的的原则。

幸福究竟是什么？这是哲学家们一直在讨论的问题。虽然答案众说纷纭，但可以肯定的一点是，幸福一定是与人的精神紧密联系的。如果仅仅是物质的满足，却缺少了人性，那么幸福就变成了一种纯物质化的东西，也就无法称之为幸福，只能说是一种满足。因为幸福，是需要用精神去感知的。没有了精神，又谈何幸福呢。书中的幸福，不过是物质的极大丰富，在社会催眠般的手段下，使人们热爱被奴役（无论是高种姓还是低

种姓),从而没有了反抗,失去了思想,安于现状而已。但是,失去了思想的人,是否还能被称作人呢?人类与其他动物的最大区别,就在于人类会思考。如果单凭物质去判断,新世界中的人可以说是幸福的;但他们失去了思考的能力后,在工作外的时间里,也不过是被动物性所主宰的行尸走肉而已。这样的人,不能算是幸福的人;这样的世界,恐怕也不美妙。

本书吸取了当时很多的新人文思想。如达尔文的进化论,物竞天择理论;遗传学的优生学、劣生学;生物化学里的很多设想;弗洛伊德的精神分析、潜意识理论;巴普洛夫的条件反射理论;萨特的存在主义;凯因斯的社会总体消费与生产能力关系理论,细胞工程、体外受精、胚胎培养等自然科学知识,分别体现在种姓的划分,对儿童的潜意识教育还有人们的休闲娱乐活动中。

这本书,在为读者铺开了一幅科技极度发达,物质极其丰富的未来画卷的同时,也使人们思考幸福的真正含义。

“艺术,科学——你好像为你的幸福付出了相当高的代价,”只剩下他们俩时,野蛮人说,“还付出了别的什么吗?”

“当然,还有宗教。”总统回答,“以前曾经有过一种叫做上帝的东西。那是在九年战争以前。不过我忘了:关于上帝你是知道的,我估计。”

“啊……”野蛮人犹豫了,他想谈谈孤独,夜,月光下的苍白的石源,悬崖,谈一谈往阴影里的黑暗中跳下去和死亡。他想谈,但是找不出话来表达,甚至用莎士比亚也无法表达。

这时总统已走到屋子另一边,开始打开一个嵌在书架间的墙壁里的保险箱。沉重的门一晃,开了,总统伸手在黑暗里摸索,“这是一个,”总统

说,"我一向很感兴趣的题目。"他抽出一本黑色的厚书。"你从来没有读过这本书吧? 比如。"

野蛮人接了过来,"《圣经·新旧约全书》,"他念著书名页。

"这书也没有读过吧?"哪是一本小书,封面没有了。

"《追效基督》。"

"这书也没有吧?"他又递给他一本。

"《宗教体验种种》,威廉·詹姆斯作。"

"我还有很多,"穆斯塔法·蒙德说下去,"一整套猥亵的古书。保险箱里放着上帝,书架上放着福帝,"他指着他自称的图书馆——那一架架的书,一架架的阅读机线圈和录音带盘——哈哈大笑。

"可你既然知道上帝,你为什么不告诉他们?"野蛮人义愤填膺,问,"你为什么不把这些有关上帝的书给他们读?"

"理由跟不让他们读《奥赛罗》一样,古老了。那是几百年前关于上帝的书,不是关于今天的上帝的书。"

"上帝可是不会变的。"

"但是人会变。"

"那能有什么区别?"

"有天大的区别。"穆斯塔法·蒙德说着又站了起来,走到保险箱前。"有个人叫纽曼主教,他说,"是个红衣主教,"他解释道,"也就是社区首席歌唱家一流的人物。"

"哦,美丽的米兰的潘杜尔夫,红衣主教,我在莎士比亚里面读到过。"

"你当然读到过。好了,我刚才说到,有个人叫纽曼红衣主教。啊,就是这本书。"他抽了出来。"我要谈纽曼的书,也想谈谈这一本书,是一个叫麦因·德·毕兰的人写的。他是个哲学家——你要是知道什么是哲学家的话。”

“就是能梦想出许多东西的人,梦想的东西比天地间的事物还多。”野蛮人立即回答。

“说得很对,我马上就给你念一段他确实梦想出的东西。现在你听一听这位古时候的首席歌唱家的话。”他在夹了一张纸条的地方翻开,读了起来,“我们并不比我们所占有的东西更能够支配自己。我们并没有创造出自己,也无法超越自己。我们不是自己的主人,而是上帝的财富。这样来看问题难道不是我们的一种幸福吗?认为自己能够支配自己能得到幸福吗,能得到安慰吗?少年得志的人可能这样想,以为能使一切事物按他们的想法及方式做很了不起,不必依靠任何人。对视野以外的东西一律不予考虑,不必因为总需要感谢别人,征求别人的意见,总需要祈祷而烦恼。可惜随着时光的流逝,这些少年得志的人也必然会跟别人一样发现,人未必是天生独立的——独立状态并不是自然状态。独立在一定时间内也许可能,却无法使我们平安到达目的地……”穆斯塔法·蒙德停了停,放下第一本书,拿起了第二本翻着。“就拿这一段为例,”他说,然后就以他那深沉的声音念了起来,“人是要衰老的;他从内心强烈地感到衰弱、阴暗、烦恼,这种感觉是随年龄的增长而增长的。最初有这种感觉时他以为是病了,以为这种痛苦处境是某种特殊原因造成的,用这种想法来减少恐惧。他希望那病跟别的病一样,能够治好。这是幻想!那病叫做衰老,是一种令人毛骨悚然的病。有人说对死亡和死亡后的恐惧使人到老年之后转向宗教,但是我自己的体会使我深信:宗教情绪是随着年龄的增长而增长的,与这一类的恐惧或想象并无关系。宗教情绪会发展,因为那时激情平静了,幻想和感受力随之减弱,难于唤起,于是理智活动受到的干扰减少,能引起人们的想象、欲望和妄想的东西对理智的影响也减少,这样上

帝就出现了,宛如云开日出。我们的灵魂感觉到了,看见了,向诸般光明的源头转了过去——很自然地,无可避免地转了过去。因为现在给予感官世界以生命和魅力的东西已经被筛掉,离开了我们;那惊人的存在现在已不再受到内在和外在印象的支持;我们感到需要依靠一种永恒的东西,一种永远不会欺骗我们的东西——一种现实,一种绝对的永恒的真理。是的,我们无可逃避地要转向上帝。因为这种宗教情绪的本质是如此纯洁,使人们能够体会到它的灵魂如此愉悦,可以弥补我们在其他方面的损失。"穆斯塔法蒙德合上书,身子往椅背上一靠。"天地之间有一种哲学家们连做梦也没有想到过的存在,那就是我们,(他挥舞着一只手)就是我们这个现代的世界。你只能在获得青春和昌盛之时对上帝独立。独立并不能把你安全地送到最后。可是我们却自始至终得到了青春和繁荣,随之而来的能有什么?显然我们是能够独立于上帝之外的。'宗教情绪将弥补我们的一切损失。'可是我们并没有需要弥补的损失;宗教情绪是多余的东西。既然青年时期的欲望全都可以满足,为什么还要寻求那欲望的代用品呢?既然我们能够从自古以来的种种胡闹活动获得尽情地享受,为什么还要追求那类娱乐的代用品呢?既然我们的身心都能在活动中不断获得愉悦,为什么还要休息呢?既然我们有唆麻,为什么还需要安慰呢?既然我们已经获得了社会秩序,为什么还需要追求永恒呢?"

"那么你认为上帝是没有的?"

"不,我倒认为上帝十之八九是有的。"

"为什么?……"

穆斯塔法·蒙德打断了他的话。"但是上帝对不同的人有不同的表现。在现代期以前上帝的表现正如这本书里所描述的。可是现在……

"可是现在上帝是怎样表现自己的呢?"野蛮人问。

“喔，他表现为一种虚无的存在；仿佛根本不存在。”

“那可是你们的错。”

“把它叫做文明的错吧。上帝跟机器、科学医药和普遍的幸福是格格不入的。你必须做出选择。我们的文明选择了机器、医药和幸福。因此我就把这些书锁进了保险箱。它们肮脏，会吓坏人的……”

野蛮人打断了他。“可是，感到上帝的存在不是很自然的吗？”

“你倒不如问：穿裤子拉拉链不也是很自然的吗？”总统尖刻地说，“你叫我想起了另外一个这样的老头，他叫布拉德利。他对哲学下的定义是：为自己出于本能所相信的东西寻找出的蹩脚的解释！仿佛那时人们的信仰是出于本能似的！一个人相信什么是由他的条件设置决定的。找出些蹩脚理由为自己因某种蹩脚理由相信的东西辩护——那就是哲学。人们相信上帝因为他们的条件设置使他们相信。”

“可是情况还是一样，”野蛮人坚持不懈，“在孤独的时候你就相信上帝，当你很孤独，在夜里，思考着死亡的时候。”

“可是现在人们是决不会孤独的，”穆斯塔法蒙德说，“我们把他们制造得仇恨孤独；我们为他们安排的生活使他们几乎不可能孤独。”

野蛮人神色暗淡地点了点头。他在马尔佩斯感到痛苦，因为人家把他孤立于村庄活动之外；而在文明的伦敦他也感到痛苦，却是因为无法逃避社会活动，无法获得平静的孤独。

# 12.《我们》

☞ 作者:[俄]叶夫根尼·扎米亚京

☞ 译者:顾亚玲

☞ 推荐版本:漓江出版社 2005 版《我们——重读西方经典文学名著》

## 作者简介

叶夫根尼·扎米亚京(1884～1937),俄罗斯小说家,评论家。生活在俄罗斯的白银时代。他本人被称为"语言大师"、"新现实主义小说的一代宗师"。

叶夫根尼·扎米亚京

扎米亚京青年时期曾积极参与十月革命,成为推翻旧制度、建立苏联革命过程中的一名积极的战士。十月革命前,扎米亚京曾被派往英国学习造船,并创作了《岛民》讽刺英国社会。他创作了一种新的写作手法,称为"新现实主义",即一种集象征、幻想和现实于一身的写作手法。

苏联建立后,他敏锐地看出了新制度中存在的种种弊端,并再一次采取了积极的态度,创作了一系列作品对其进行揭露、批评。《我们》(1921)就是这一时期的作品,是扎米亚京的代表作。扎米亚京的《我们》,阿道斯·赫胥黎的《美丽新世界》和乔治·奥威尔的《1984》被称为20世纪三大反乌托邦作品。

由于扎米亚京所写的文章和作品触怒了苏联政府,《我们》被认为是“针对苏维埃国家的恶毒讽刺的作品”,扎米亚京被迫流亡法国。《我们》也成了一部俄国人在苏联写成,却只能翻译成英文,在国外出版的作品。

故事发生在距今600年后。D—503是大一统王国的数学家,一统号宇宙飞船的设计师。而设计飞船的目的,是为了让人们坐上这架飞船,宣传大一统国的政治主张,从而达到同化他人的目的。大一统王国由大恩主领导,人们高度一致,没有独特的姓名,只有一个编号,穿统一的衣服。

每年,大一统王国都会举行选举。大恩主每年都会全票当选。国家的指导原则是幸福和自由互不相容。大一统国通过剥夺号码的自由,使他获得幸福。

王国里的人的作息时间严格按照王国颁发的《作息时间戒律表》进行。甚至性生活,都要在统一领导下,由王国的有关机构指定。编了号的男女可以凭借有关机构发放的一种粉红色的小票,在特定的地点,放下窗帘,凭票进行1小时的性交。比如,分给D—503的女伴就是O—90。

人们都住在玻璃房子里,这样政治警察——护卫局的人就更容易监视他们的行动。人们靠合成食物维生。通常的娱乐就是散步,即像军队检阅一样,4人一排,在喇叭里播放着大一统国歌时行进。

在一次散步中,D—503遇到了美丽的I—330,并为之吸引。I—330告诉D—503,二人将会在演讲厅相遇,D—503并不相信。

结果,D—503收到了一张去演讲厅的通知书,并见到了在舞台上弹

《我们》中文版封面

奏钢琴的I—330。I—330弹奏的是野蛮时代的音乐。由于D—503曾偷看过禁书,对野蛮时代有所了解。所以在初听音乐时很惊诧,但很快回复了正常,爆发出哄笑。

演讲厅相遇后,I—330约D—503去参观古宅。在古宅里,二人的思想发生了碰撞。I—330告诉D—503自己可以用请医生为他开病假条的方式逃避劳动。D—503没有同意她的做法,并准备去护卫局告发她。但最终,并没有采取行动。

D—503在立方体广场观看到了极刑,即用强电流瞬间通过犯人的身体,犯人在一瞬间,化为了一摊液体。

I—330登记了D—503,准备与之约会。D—503心里尽管矛盾,还是应约前往。在I—330的住处,D—503发现I—330在使用违禁品——香烟和酒。D—503无法抑制自己的感情,吻了I—330。

I—330 又一次与 D—503 在古宅会面，这一次二人发生了亲密关系。D—503 爱上了 I—330，对 O—90 失去了兴趣。

D—503 去古宅找 I—330，却发现了一个神秘的走廊，通往不知何处神秘的地方。

I—330 给 D—503 写了封信，拜托他放下窗帘一小时，为自己做掩护。D—503 尽管心里疑惑，不情愿，但还是照做了。

在散步时，一个女人破坏了和谐，从队伍中跑了出去。D—503 以为她是 I—330，急切地想去救她，却发现认错了人，自己反被卫兵抓住。医生证明 D—503 患了病，无法控制自己的情绪，D—503 总算逃过一劫。

在全国性的庆典——一致同意节上，号码们选举国家的领袖——大恩主。每年他都是全票当选。今年，情况却不是这样。以 I—330 为首的一群人投了反对票，引发了混乱。

此次事件以后，I—330 带 D—503 来到了走廊的后面。原来，那里生活着另一群人，他们还没有失去自由，还没有失去个性，他们属于某个地下反抗组织。他们的计划是通过同化 D—503，劫持即将完工的一统号宇宙飞船。D—503 同意帮助他们。

由于出了意外，一统号的试飞推迟了。尽管如此，最终还是进行了试飞。就在 D—503 和 I—330 等人认为计划成功的时候，却被当局发现，并镇压了他们的反叛行为。

D—503 发现是自己的日记出卖了他。由于检查员 I—O 偷看了 D—503 的日记，才导致行动计划败露。

D—503 被抓起来，他的思想被送进了“气钟罩”中处死。从此，他的脑中再也没有幻想，只剩下被洗脑后的一致思想。他甚至认不出自己的爱人 I—330，而眼睁睁地漠然地看着她在“气钟罩”中受苦。D—503 最终

又回复到了大一统的世界，并坚信理性必胜。

《我们》是一部融科幻和社会讽刺于一体的长篇小说。小说运用象征、荒诞、幻想、意识流等手段，描写了一个发生在未来的故事，蕴含着对人类未来的深沉思考。

《我们》的主要艺术特征是反讽。它所运用的夸张手法已经使反讽不再是局部的讽刺，而成为一种对整体的颠覆。它的另一个重要的艺术特征是描写感觉化和感觉描写具象化。《我们》并不属于大众文学，它是一种实验文学。其中引用的数学和哲学概念，使得本书晦涩难懂，且情节松散复杂，政治性强。书中所描写的朴素的人类精神对理性化、机械化和简单化世界所进行的反抗，在《美丽新世界》中也曾出现过。

这本书曾经被列为禁书，被认为是对苏维埃国家的恶毒的讽刺。然而就小说的完成时间看，这种看法未免有些不公。作品完成的时间是在列宁去世前后，此时作者不会想到以后会有斯大林的独裁统治，而俄罗斯人民也不是每个人都会对此进行反抗。扎米亚京所针对的是工业文明的目标，而不是某一个特定的国家。他的作品并非只为了发泄对现存制度的不满，而是对它的研究和思考。

作为一部反乌托邦作品，它拥有着反乌托邦文学作品所具有的共同特点，即随着科技的发展，人类进入了高度发展的工业化社会，人类与大自然逐渐的割裂分离，高度的统一性压抑了人类的个性，丧失精神的自由才能获得物质的富足。

原著选读

典礼开始之前，全体起立，音乐机器几百支铜管和几百万人齐声高唱国歌。乐声像一张庄严肃穆的帷幕缓慢地在全体号码头部上方飘荡。有一秒钟的财间，我忘记了一切：忘记了I说过的有关今天节日的令人不安的话，仿佛连I本人我都忘了。现在我又是当年在一致同意节为一个滴在制服上只有我自己能看出来的小墨水渍而哭泣的小男孩。但愿周围人都没发现我身上无法洗褪的黑墨斑。我知道，我这个有罪之人，在这些坦荡无私的人群中，不该有我一席之地。唉，我应该站起来，尽快地把自己的一切都大声宣扬出来，哪怕就此我会遭殃，也都听之任之了！但我会有一秒钟的时间感到自己是天真和纯洁无瑕的，就像这孩子般纯净的蓝天。

所有的眼睛都朝上凝视着。清晨的天空湛蓝明澈，还闪烁着滴滴泪珠似的夜露。这时，出现了一个难以察觉的小点，它时而呈现黑色，时而闪射出道道金光。这是他——新耶和华，乘坐着飞船自天而降。他和古代耶和华一样英明，慈爱又残忍。时间一分钟一分钟过去，他离我们愈来愈近。百万颗心腾飞起来向他迎去。现在他已经看见我们了。我设想自己和他在一起自上往下鸟瞰：那圆形的观众台上围着一圈圈蓝点的同心圆，上面点缀着细小光点（号码牌的亮光），就像蜘蛛网上的一道道蛛丝。在蛛网中央，那只白色的英明的蜘蛛——全身着白的大恩主，即将就座。他用幸福的有益健康的蜘蛛网英明地网住了我们的手脚。

大恩主自天而降的庄严场面结束了。管乐的奏乐停止了，全体坐下。这时我立刻领悟到：的确，一切就像一张薄薄的蜘蛛网，它紧绷着，微微发颤，好像马上就会抻断，发生不可思议的意外……



我微微抬起身子，朝四周扫视一遍。我的目光遇到了一双双充满敬爱而又惶恐不安的眼睛，这样的目光从一张脸上移到另一张脸上。有一个人举起了手，手指微微地、几乎难以觉察向另外一个人打了个暗号，对方也同样打着手势回答他，还有……

我明白了，他们是护卫局人员。我知道，他们十分紧张不安，蜘蛛网绷得很紧，在颤动。我的脑子像调到相同波长的无线电，也发生了相应的颤动。

在台上，一位诗人在朗诵选举前的颂诗，可是我一个字也没听见，只听到大钟摆锤按六音步扬抑抑格在规则地摆动。而摆锤每晃动一次，那指定的时间就逼近一分。我一直慌张急促地看着人群里一张一张的脸，就像在翻阅一页一页的书页。但是我还没有找到我要找的、那唯一的脸庞。我必须尽快找到她，因为现在摆锤再摆动一下，就……

他——当然是他。在下面，从台旁光亮的玻璃地面上，一对粉红色的招风大耳朵很快地飞蹿而过，玻璃地面上映出一个像双环扣似的黑色的S形体。他正急匆匆地朝观众台之间横七竖八的通道那儿跑去。

S和I之间有某种联系。依我看他们之间总有一条什么线连着，但我还不知道是什么，迟早我会弄明白的。我眼睛紧紧盯住了他。他像一团线团似的滚了过去，后面拖着一条线。好，现在他停下来了……

我仿佛被雷电的高压电打着了，穿透了，拧成了一个结。在我这圆形横排离我只40度角的地方，S停了下来，弯下了腰。我发现了I。她旁边是那讨厌的嘿嘿笑着的厚嘴唇R-13。我脑子里闪过的第一个念头是，冲过去向她喊道："你今天为什么和他在一起？为什么不要我？"可是那张无形的良性的蛛网牢牢缠住了我的手脚。我咬紧牙关，铁沉沉地坐在那儿不动，眼睛盯着他俩不放。我感到心里一阵剧烈的肉体上的疼痛。我记得当时我曾想："由于非肉体原因引起的肉体上的疼痛，显然是……"

很遗憾,我没有得出什么结论。只记得一时间脑子里无意识地闪过一个关于“心”的古代熟语“心惊胆战”。这时六音步颂诗已经念完,我战战兢兢地一动不动:眼下就要出事了吧? ……会出什么事呢? 选举前,一般规定有五分钟的休息。这时通常总是静默的时间。但是,现在的静默不是平常的那种真正虔诚的、肃穆的平静,它倒像古代暴风雨来临前的寂静。那时候古代人还没有我们的电塔,未被驯服的天空还时常雷雨交加。狂风肆虐。

# 13.《时间机器》

☞ 作者:[英]赫·乔·威尔斯

☞ 译者:李永彩等

☞ 推荐版本:湖南文艺出版社 1999 年版《威尔斯的科幻世界》

## 作者简介

赫伯特·乔治·威尔斯(1866～1946),英国作家,与高尔斯华绥和贝内特并称为 20 世纪初的现实主义三杰。雨果·根斯巴克根据威尔斯、凡尔纳和艾伦·坡的科学传奇小说,定下了“科幻小说”这个名字。威尔斯的社会科幻小说的思辨性,成为科幻小说的主要传统。

赫伯特·乔治·威尔斯

威尔斯首先创作的是短文。1891 年他写了一些有关形而上学的思辨性文章(这种思辨性也体现在他日后的小说中),1894 年,他开始创作短篇小说。1895 年,他出版了中篇小说《时间旅行机》,并获得了成功,从此名声大噪。从此,他开始尝试各种形式的创作,都取得了成功。以后,威尔斯坚持每年创作一本小说。

威尔斯一生共创作了 50 部长篇小说和许多短篇小说集,分为科幻小说、喜剧性讽刺小说和思想观念小说。主要有:《时间旅行机》(1895)、《莫

洛先生的岛屿》(1896)、《隐身人》(1897)、《星球大战》(1898)、《当睡者醒来时》(1899)、《爱情和鲁雅轩》(1900)、《第一批登上月球的人》(1901)、《神食》(1904)、《现代乌托邦》(1908)、《波利先生的故事》(1910)、《获得自由的世界》(1914)等。

故事从时间旅行家的书房开始。时间旅行家正向他的朋友们解释第四维即时间的存在。他认为事物如果缺少了第四维是不可能存在的。他甚至还根据这个原理创造出了时间旅行机,能够在过去和未来之间驰骋。但他的朋友们却并不相信他的理论以及他创造的机器。时间旅行机造好后,时间旅行家就乘着它来到了8万年以后即802701年的世界里。

这是一个外表看起来和平安宁、美丽静谧的世界。时间旅行家降落在一片空地上,发现有一群穿着结实柔软的丝质长袍,相貌英俊美丽的小人向他走来。他们以水果为生,整日游乐跳舞,却不工作;他们的身体娇小柔弱,由于没有了战争,生活优渥,体力和智力严重的退化。到了夜晚,时间旅行家发现自己的机器被偷,惊恐愤怒,却毫无办法。在河边,时间旅行家救起了一个叫薇娜的小人,同时和她建立起了友谊。通过薇娜,时间旅行家渐渐了解了这个世界。时间旅行家在寻找机器的过程中,发现除了在地面上生活的人类以外,地面下还生活着另一种人类,他们长着灰红色的大眼睛,淡黄色的长发长及脊背。他们整日在地下的机器旁劳作,为地上人们的舒适生活提供所必需的一切物质条件。由于他们长期在地下工作,因此怕光怕火,只有夜里才能到地面上活动。

后来,时间旅行家知道,生活的地上的人类叫埃罗依,而生活在地下的人类叫莫洛克。莫洛克夜里到地面上的原因竟然是他们要猎取埃罗依

《时间机器》中文版封面

为食，因此一到夜晚埃罗依们便聚在一起，度过可怕的长晚。

时间旅行家发现偷走机器的是莫洛克。为了取回机器，时间旅行家和薇娜开始寻找火种。但薇娜却在这次行动中死去了，时间旅行家也受了伤。

莫洛克为了猎取时间旅行家，打开了存放机器的门，诱使他走进了地下世界。不料，时间旅行家早有准备，在混战中终于夺回了时间旅行机，回到了现实的世界。

时间旅行家归来后，向朋友们讲述自己的遭遇，朋友们却都不相信。第二天，时间旅行家又乘着时间机器去旅行了，失踪了 3 年，再也没有回来。

《时间机器》是威尔斯小说创作的高潮，是他最为成功的一部科幻小说，它标志着威尔斯文学生涯的开始，也标志着科幻小说新时代的到来。正是这部中篇小说，为威尔斯赢得了世界声誉，并赢得了约瑟夫·康拉德、亨利·詹姆斯等一批文学崇拜者。有评论家甚至把《时间旅行机》出版的那一年称为"科幻小说诞生元年"。小说通过幻想，以语言的形式暗示着劳动者和剥削者之间的冲突加剧可能造成的后果，就如同我们一直争论的，如果我们启用高智能化的机器人，它们会不会有一天统治人类一样。

在小说中，威尔斯用荒凉、哀伤的基调为读者描绘了未来的图景，展示了一次震撼人心的旅行。对科学有所蔑视的时间旅行家，是典型的威尔斯式的英雄，他虽然有着卓越的能力，却无力改变那个道德沦丧、愚昧无知、自相残杀的未来世界。而小说一开始就向读者介绍第四维的知识，第一次用通俗的语言宣传了有关时空的新概念（用通俗的语言讲述科学知识，并通过小说将其突出，是威尔斯小说的一大特点），从而引出时间旅行机，这种"如果某种科学技术得以实现，那么未来将……"的开篇方式，也随着小说的成功，成为了科幻小说的一种典型范例。它以奇特的想象，深刻的社会寓意，吸引着一百年后的读者，依然为它痴迷。

在威尔斯的小说中，除了古怪的外部环境，陌生的世界，新颖的技术，怪诞的人物以外，作者还注重对普通人的反应的描写，从而使作品更加生动，可信。威尔斯在创作小说时运用了很多当时的先进科技，特别是现代物理学和现代生物学，他不仅预见着发明创造，也预见着发明创造对社会和人类生活的影响。他认为科技不仅会给人类带来便利，也会带来反作

用，这也是为什么我们说威尔斯式的英雄总是对科技有所蔑视的原因。小说中充满了对人类前途的忧虑和不安。同时，政治冲突也是他的作品的一个重要特征。

威尔斯开创了20世纪科幻小说的几大主流话题，如“时间旅行”、“外星人”等。他的小说所描绘的图景和阐述的问题，不仅发人深省，而且大大开阔了读者的视野，丰富着读者的想象。他关于战争威胁和大规模杀伤性、毁灭性武器的预言和担忧，直到今天仍然有着重要的现实意义。

我们走出青瓷殿时，太阳还没有从地平线上完全消失。我决定第二天一早赶赴白色斯芬克斯雕像，以便黄昏前穿过我上次出门使我受阻的那片树林。我的计划是当晚尽量多赶些路，然后生推火，在火光的保护下睡觉过夜。于是，我们赶路时，见到树枝枯草我便收集起来，不一会儿，我怀里已揣满柴火。由于手抱柴火行动不便，我们赶路的速度比我预期的要慢，另外，威娜已经走累了，我也开始精神不济，困得直想睡觉。因此，在我们赶到树林前天就完全黑了。走到树林边长满灌木丛的小山上时，威娜因害怕我们面对的一片黑暗，想停下来不走了。但当时我只感到灾祸即将来临(这对我确实应该是一种警告)，这种感觉驱使我继续向前。我已经两天一夜没有睡觉了，只觉得头昏脑胀，心烦意乱，眼睛睁都睁不开，脑子里还尽想着莫洛克人。

正犹豫不决时，我看到身后漆黑的灌木丛里有三个蹲伏着的黑影。我们身旁全是树丛野草，他们这样伺机靠上来我感到很不安全。我估算过，树林不足1英里宽。如果我们能穿过树林到达光秃秃的山腰，我觉得那里是比较安全的休息之地。我想，我有火柴和樟脑，不用摸黑过树林。

可是很明显，如果我要用双手不停地挥舞火柴，就必须放弃手里抱着的柴火。就这样，我极不情愿地放下了柴火。这时，我突然想到，点着柴火可以把我们背后的那几个朋友吓跑。后来我发现这个做法既残暴又愚蠢，可我原以为这是掩护我们撤退的锦囊妙计呢？

不知道你们是否想到过，在没有人类和气候温暖的地方火焰是多么罕见的东西啊。太阳的热度很少能强烈到引起着火，即便像热带地区有时靠露珠来聚焦阳光也不行。闪电可以摧毁和烧焦东西，却很少能引起燎原大火。腐烂的植物有时会因为发酵生热而熏烧起来，却很少能导致熊熊烈火。在这个退化的时代，生火的艺术也在地球上被人遗忘了。正在吞食我那堆柴火的红火舌在威娜的眼中完全是新奇的。

她想跑过去玩火。要不是我及时制止，我相信她会冲到火里去的。但我一把抓起她，不顾她的挣扎，大胆地朝身前的树林深处走去。我点燃的火堆照了我们一小段路。不一会儿，我回头张望，透过茂密的树干，我看见火焰从柴堆上烧到了附近的灌木丛，一条弯曲的火龙正朝山上的野草爬去。我望着火龙放声大笑，接着又转身朝我身前漆黑的树林里走去。真是天昏地暗，威娜发狂似地紧贴着我，可当我的双眼从黑暗中适应过来后，我仍可以借助微弱的亮光避开树干。头顶上也是漆黑一团，只是透过偶尔出现的树枝间的缝隙才能看到遥远的夜空。路上我一根火柴也没点，因为腾不出手，我左手抱着我的小宝贝，右手摸着铁棒。

一段路走下来，我什么动静也没听到，只听到脚踩树枝发出的噼啪声，头上微风的沙沙声，自己的呼吸声和脉搏的跳动声。这时，好像觉得四周有啪啪的声响，我继续勇敢地向前走去，啪啪声越来越清晰，接着我听到了我在地下世界听到的那种古怪声音。显然有几个莫洛克人就在附近，并且正在向我靠拢。果然，没过多久我感到有东西使劲拉了拉我的外

套,随后又碰了下我的手臂。威娜浑身发抖,紧接着又静止不动了。

是划火柴的时候了。但要掏火柴我就必须把威娜放下来。我放下威娜,伸手到口袋里摸火柴。就在这时,我膝盖旁的一场争斗在黑暗中开始了,威娜一声不吭,莫洛克人还是发着那种奇怪的咕咕声。柔软的小手也伸到我的外套和后背上,甚至摸到我的脖子上。这时火柴亮了,发出嘶嘶的声响。我举起点亮的火柴,看见了莫洛克人在树林中逃窜的白色背影。我赶忙从口袋里掏出一块樟脑,准备在火柴熄灭前把它点燃。接着我看了看威娜,她脸朝地躺着,双手紧拉着我的脚,一动也不动。我猛然一惊,弯下腰去,她好像已经停止呼吸。我点燃手中的樟脑,把它扔到地上。火劈劈啪啪越烧越旺,赶跑了莫洛克人和所有的黑影,我跪下去把威娜抱起来。身后的树林里好像到处都是骚动声和低语声!

她好像是晕了过去。我小心翼翼地把她放上我的肩膀,站起身继续朝前走。这时,我意识到了一件可怕的事情。在掏火柴点火以及把威娜抱上抱下的时候,我转了几个身,现在我根本搞不清该朝哪个方向走了。谁知道呢,也许现在又转过身面朝青瓷殿了。我吓得直冒冷汗,我必须拿定主意该怎么办,决定生堆火在原地扎营。我把仍然一动不动的威娜放到了一块泥炭似的地上。第一块樟脑快要烧完了,我急忙开始收集枯枝落叶。在四周的黑暗中,莫洛克人的眼睛像红宝石一样忽闪忽闪。

# 14.《丛林温室》

☞ 作者:[英]布赖恩·奥尔迪斯

☞ 译者:董必峰

☞ 推荐版本:河北少年儿童出版社 1998 年版

布赖恩·奥尔迪斯(1925～　),英国科幻作家、评论家、编辑。与J·G·巴拉德等共同创办了《新世界》杂志,该杂志组成了英国科幻杂志《新渐》的一部分。他还同美国科幻作家哈里森一起创立了“约翰·W·坎贝尔奖”。

布赖恩·奥尔迪斯

奥尔迪斯被人称为“英国科幻小说的教父”,在科幻小说界的威望甚高。他经历了近 20 年的审校小说,编辑大量诗选、杂志及其他作品的过程,是一名非常出色的编辑。在 20 年中,他推荐、探索出多部优秀的科幻小说,此后创作了许多颇受读者欢迎的作品。20 世纪 50 年代后,奥尔德斯成为一位善于运用非科幻、现代派的现实实验手法的卓越的科幻小说家。

奥尔迪斯的每部作品都会受到英国最具权威性的书评家的关注,关于奥尔迪斯作品的评论经常出现在英国大报《泰晤士报》的文学副刊上。

20 世纪 70 年代末 80 年代初出版的《最后的命令》和《首脑的兄弟们》曾在畅销书榜驰骋数月之久。奥尔迪斯不仅继承了威尔斯和史特普里顿的思辨式科幻的传统，而且了弥补主流文学与科幻文学之间的鸿沟，并为之做出了巨大的贡献。

奥尔迪斯最著名的作品是《丛林温室》，也是科幻小说新浪潮运动的代表作。

《丛林温室》中文版封面

在遥远的未来，地球在月球引力的影响下停止了自转，日夜更替消失，地球的一面永远是白昼，而另一面则陷入了永夜。同时，月球也停止了运行，远远地漂离了地球，与太阳、地球形成了等边三角形，对地球造成

了威胁。这样,不论是月球,或是地球,白昼永远静止在了下午。由于太阳照射强烈,人类只能深居在丛林的中层。而树林底部生长着无数奇形怪状的食肉植物。人类一旦落到丛林底部,就会成为这些植物的猎物。

以莉莉·约为首的一个人类部落就居住在森林里。他们在体形和智力上都已退化。这一部落依然保持着母系氏族公社时期的传统,即由女性出任部落的头领,但由于男人有着神奇的生育能力,因而被认为是神圣不可侵犯的。人类在与各种天敌的战斗中丧失了半数的孩子,他们有的被各种植物吞食,有的被来自月球的飞人抓走。

这一天,一个孩子不小心落下了中层,抓住了树枝祈盼着莉莉·约援救,但最终还是掉下了树,被植物吃掉了。莉莉·约带着两个伙伴,将孩子的图腾俑送到圣顶去。图腾俑就是在一个孩子出生时,由生父为他举办一个仪式,雕刻的俑像。由于人类多数是被植物吞噬,所以不可能找到尸骨。所以一个人死后,就要由同伴将他的俑像埋葬到圣顶。圣顶就在树的顶部,由于那里受到阳光的直射,极为炎热。莉莉·约和伙伴带着俑像,跟在白义虎的后面,历尽了千辛万苦,爬到了圣顶。到达后,她们设法找到了火树果,将它扒开,把俑像塞进去。然后,火树果自己封口,把俑像留在里面。她们将装着俑像的火树果挂在蜘蛛树上。埋葬仪式完成后,莉莉·约和同伴们回到了自己的部落。莉莉·约决定开一次会,却在召集族人的过程中,由于疏忽大意,险些被巨茎舌吞噬,幸亏部落其他人的搭救才幸免于难。莉莉·约觉得自己老了,决定让位给下一代,和部落中其他六个年长的人爬上圣顶"升天",即自杀。

他们在伙伴的帮助下,挂上蜘蛛树后,蜘蛛树突然飞走,把他们带到了月球上。到达月球后,两人死去,一人下落不明,其他三人则成了飞人的俘虏,并长出了鳞片和翅膀,也成为了飞人。由于受到宇宙射线的辐

射，飞人无法生育下一代，为了增加人口，他们只能掠夺人类的孩子。莉莉·约等人受飞人的指派，到地球上完成一项任务，即引诱越来越多的地球人飞上月球。

女孩子托埃成为莉莉·约部落的首领。格伦是其中的一个男孩子，很聪明，但不愿服从托埃的领导，自己想当头人。在“真空地带”的争斗中，格伦被放逐。波莉爱着格伦，偷偷地来到了格伦的身边。

格伦遇到了有超人智慧的蕈菇，让它寄生在自己和波莉的身上。他俩便在蕈菇的指引下开始流浪。蕈菇使格伦他们回忆起人类古老的历史。原来，由于人类的祖先和蕈菇成为共生体，变成了人类大脑的一部分，才激发了人类的智慧，人类的历史实际上就是蕈菇的历史。他们通过蕈菇知道，在亿万年前，人类还是大自然的主宰，可以去星际外探险，有着城市、马路和一切现代化的设施。但所有的一切却在突然之间，统统毁灭了。随着太阳进入毁灭阶段，它的射线也杀死了人类的皮肤和大脑。大脑失去了共生体，人类也就失去了思维能力和智力，于是开始迅速退化，抛弃了城市，开始了丛林生活。

由于蕈菇需要不断的分裂繁殖，需要更多的宿主，于是促使格伦二人去寻找更多的人类。他们抓到了牧人雅特摩尔，并迫使她带着他们去见更多的牧人。二人装神弄鬼吓唬牧人，当上了牧人的头领。但却在黑嘴岩的召唤中失去了控制，被牧人们看穿了把戏，只好匆忙逃离。雅特摩尔对格伦心存好感，偷偷跑来帮助二人。

三人到了渔人的地盘。渔人都长着长长的尾巴，格伦看出他们其实是肚皮人，是肚子树的奴隶。肚子树通过连接在肚皮人身上的尾巴控制他们，为自己消除敌人，提供食物。蕈菇要利用肚皮人的船，便唆使三人砍断了肚皮人的尾巴，准备夺船。三人和肚子树展开了激烈的争夺，波莉落水身亡。

一群人随波漂浮，损兵折将，最后只剩下 6 个人成功登陆。在此期间，蕈菇逐渐控制了格伦。船漂浮到了地球的另一面——黑暗世界才停了下来。格伦他们利用迁徙的羽颈，离开了冰山，登陆上岸。在岸边，遇到了尖毛人。蕈菇控制了格伦后，由于急于找到新的宿主，便想要移居到格伦和雅特摩尔刚出生的儿子劳伦身上去，但遭到雅特摩尔的拒绝。格伦被蕈菇控制，失去了理性。正当雅特摩尔悲叹自己的无助时，正巧遇上追捕族的首领沙丹·耶。他是黑夜山脉的先知，游历过世界各地，了解人类历史。

他听雅特摩尔诉说了自身及格伦的遭遇后，设下圈套困住了蕈菇，将其收入葫芦瓶中。他要从黑暗世界去光明世界，格伦和雅特摩尔决定跟随。

沙丹·耶指出地球的末日将要来临，所有的生命都将熔化变成光。在太阳系开始形成时，各种形式的生命汇集到一起。生命出现后，在太阳被银河射线逐渐毁灭的同时，生命也将逐渐消失。银河射线将把生命的胚胎带到另一个新的星系上去，繁衍发展。随着地球上的绿色光柱从丛林中不断的吸取养分，温度不断上升，地球的毁灭速度不断的加快。

在一次争斗中，蕈菇又寄生到了沙丹·耶身上。在逃离尖毛人，走向光明世界的途中，格伦他们遇到了变成了飞人的莉莉·约等人。蕈菇经过分裂，既控制了沙丹·耶，又控制了飞上地球的蜘蛛树。蕈菇劝诱莉莉·约、格伦等人一起顺着太空中的银河射线到新的快乐天地去，但格伦决意带着雅特摩尔和劳伦留在地球上，寻找自己生活过的丛林。

这是一个令人震撼的故事。描述了人类在经历了高度的文明后，突然退化的未来，表现了作者对人类的无知，对自身的环境和文明的嘲弄。在埃尔迪斯眼中，时世漫游比太空漫游更富有意义。小说交错观察现在与未来，使读者可以获得更多的启迪。

《丛林温室》并不是一般的游记小说，虽然它是根据传统的游记格式塑造的，但它的写作手法更趋于传统。作品构思宏伟，对人与物的描写细腻、生动，在读者面前展现了一幅关于未来的，人类退化以后的恐怖图景。

在人类经历了文明之后，是否还能适应那个野蛮蒙昧的自然？人类在经历了高度发达后，是否会走到一个顶点，然后急速地后退？等待人类的，究竟是瑰丽的未来还是毁灭的绝望？人类的发展，难道竟只是一个毁灭和再生的过程么？人类的未来究竟在哪里呢？

这是作者留给我们的思考，也是这部没有描写未来人类高度发达的科技，反而描绘了人类退化后的图景的科幻小说最具特点之处。

洞边碎玻璃发出呆滞的光。当格伦把手伸出去稳住自己时，朽木块一片片地从洞边落下来。他往里爬时，灰泥落了一头。洞的另一边是一个陡坡。格伦从碎石坡上滑进了一间屋子。进去时，身上划出了一道道的口子。

雅特摩尔在外面大声而不安地叫喊着。他柔声回答了她，让她放心。他焦虑地四下张望，只是一片漆黑。没有一丝动静，几百年的沉寂笼罩着

洞中，沉重，压抑，阴森恐怖。

他呆呆地站了一会儿，这时蕈菇推了他一下。

屋顶的一半坍塌了，屋里到处是乱七八糟的金属条块，从格伦天真无知的眼光看，一切东西都分不出子丑寅卯。这地方古老的气味令人窒息。

“角落里，有一个方块儿东西，到那儿去拿。”蕈菇命令道，并让他的眼睛往那边看。

格伦很不情愿地走到那个角落去。有样东西从他脚下蹿出来。

他看见有六条粗粗的指头，后来认出像是那个爬在雅特摩尔脚上的爬虫。一个有他三个人那么高的箱子在他面前隐隐可见。它的正面有三个突起的半圆形金属物。他的手只能够到最下面一个。这些东西是把手，蕈菇叫他拉拉看，他乖乖地拉了拉。

它被拉开了一个巴掌大的口子，蕈菇就卡住了。

“拉！拉！拉！”蕈菇叫道。

格伦拼命地拉，直到拉得整个箱子嘎嘎作响，可蕈菇叫做抽屉的东西还是没有拉动一点。高高的箱子被拉得摇晃了起来，格伦还在拉。箱顶上的什么东西被拉动了。格伦头上的高处，一个长方形的东西哗的一声落了下来。格伦低下头，这东西落在他身后的地上，溅起了一团灰尘。

“格伦，你没事吧？你上那儿去干啥？出来！”

“好！好！我就出来！蕈菇，我们再也别去开这笨重的箱子了。”

“刚刚差点打着我们的是什么？看看它，让我看看。也许那是件武器。要是我们能找到点东西帮帮我们……”

那个落下来的东西细细的、长长的，而且两头越来越细，像一个扁平的大树果。它好像是一种软面的东西，不像金属那么冷。

蕈菇说这是一种容器。当它看到格伦能不太费力地把它提起时，非

常激动。

“我们得把这个东西带到地面上去。”它说,“你可以把它从石头缝中提起来。我们要到日光中去检查一下,看看它里面究竟装了些啥。”

“但这东西能怎样帮我们?它能否把我们送到大陆去?”

“我没想到能在这儿找到船,你不感到奇怪吗?这是力量的象征。来搬一下!你和肚皮人一样笨!”

格伦受到如此粗野的侮辱,感到非常痛心。他爬回了碎石堆,到了雅特摩尔的身边。她拥抱着他,没有碰他带着的那黄色的盒子。他们小声地交谈了一会儿,互相温存着,然后拖着这个盒子从乱石层中爬出来,来到了露天的地方。

# 15.《银河系漫游指南》

☞ 作者:[英]道格拉斯·亚当斯

☞ 译者:徐百柯

☞ 推荐版本:四川科学技术出版社 2005 年版

道格拉斯·亚当斯(1952~2001),英国科幻小说家,讽刺文学的代表人物,第一个将喜剧与科幻小说成功结合的作家,广播剧作家和音乐家。他还是一位非常受欢迎的演讲者,尤其喜欢谈论与科技、环保等内容有关的话题。

道格拉斯·亚当斯

1977 年,亚当斯创作了科幻广播喜剧《银河系漫游指南》,获得了巨大的成功,这本书很快成为首屈一指的畅销书。随后,银河系漫游五部曲诞生了,它们是《银河系漫游指南》、《宇宙尽头餐馆》、《生命、宇宙及一切》、《再见,谢谢鱼》和《基本无害》。西方科幻读者将这个系列奉为科幻《圣经》之一。

由于这个系列小说的突出成就和巨大影响,2001 年,国际天文学协会的小行星中心以主人公的名字将一颗编号 18610 的小行星命名为"阿

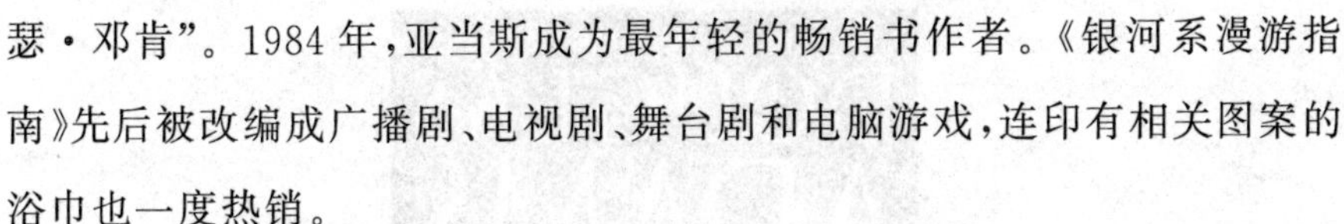


瑟·邓肯”。1984 年，亚当斯成为最年轻的畅销书作者。《银河系漫游指南》先后被改编成广播剧、电视剧、舞台剧和电脑游戏，连印有相关图案的浴巾也一度热销。

2001 年亚当斯因心脏病突发猝然辞世，死后葬于伦敦北部，享年 49 岁。他的早逝是科幻小说界的巨大损失。

故事发生在一个普通的早晨。阿瑟·邓特正躺在泥水里阻止施工队拆掉他的房子。拆房子的原因只是因为政府要建一个通道，而房子阻碍了这个计划的实施。福特·普里弗克特将邓特带进了酒吧，告诉邓特地球将在十分钟后毁灭。邓特并不相信。结果，沃贡人的舰队来到了地球，宣布因为要开发修建一条穿越这个星系超空间快速通道，需要对轨道进行前期的清理，由于地球阻碍了这个计划的实施，很不幸的属于被清除的范围。所有清除计划已经在半人马座主星展示了 50 个地球年了，地球人可以任何对此进行投诉。但人类并没去过半人马座主星，所以没有任何投诉，相当于默认了毁灭行为。于是，地球被毁灭了。

福特·普里弗克特是个外星人，是《银河系漫游指南》派往地球的研究员。他救了邓特，藏在了沃贡人的飞船上。结果被沃贡人发现，在听了一首惨不忍睹的诗后，被扔出了飞船。幸好被赞福德·毕博布鲁克斯和崔莉恩乘坐的“黄金之心”号飞船搭救。赞福德·毕博布鲁克斯是个长着两个头、三条胳膊的外星人，他曾经是银河帝国的总统，却因为偷盗了“黄金之心”，遭到了全宇宙的通缉。

“黄金之心”靠一种名为“无限非概率驱动器”的发动机驱动。无限非概率驱动器是由一个学生通过一台“有限概率发生装置”制造出的。它可

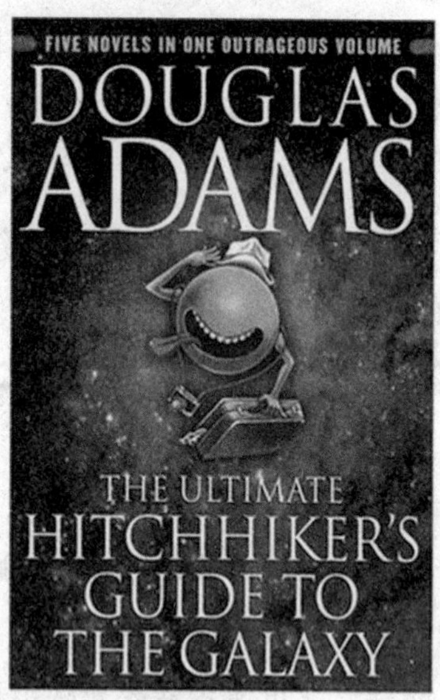


《银河系漫游指南》英文版封面

以完成所有不可能完成的事情，再现所有概率小于等于零的事件。驱动器制造出来后，学生被一群暴徒所杀。

邓特发现自己认识赞福德。因为在地球上，邓特曾在酒会上试图和崔莉恩搭讪，却被赞福德破坏了。"黄金之心"带着4人寻找到了曼格拉斯。它是一个高度发达的星球，以订制行星为主业，曾经是宇宙中最富有的星球。由于银河系经济衰退，曼格拉斯也衰落了。邓特等人不顾曼格拉斯电脑的警告，坚持靠近曼格拉斯，结果被两枚导弹追踪，差点被击中，无限非概率驱动器又一次救了他们。

在曼格拉斯上，邓特遇到了一个老人——司拉提巴特法斯特，他向邓特讲述了地球的故事。

在宇宙中，有一个具有超级智慧的泛维度种族，他们对生命的意义进行了长期的无休止的争论。终于有一天，他们感到厌烦了，于是建造了宇宙一切空间和时间中第二强大的电脑"沉思"，希望能向它寻求"关于生命、宇宙,以及一切的终极答案”。整整750万年后,“沉思”终于给出了答案——42。这个玄妙的答案,却是泛维度种族不能理解的。对此,“沉思”也无法给出解释。于是,它创造了一台能胜任此项艰巨的电脑,泛维度种族将一种新的生命形式投入到这台电脑中,寻求问题的答案。这台新的电脑的名字就叫地球,而泛维度种族新的生命形式就是老鼠。

地球加上人类构成了这台有机电脑的母体,运行着一个为期1000万年的研究程序。但人类却并不知道这一点,自以为是宇宙的主宰。其实,是老鼠安排了人类在它们身上做实验,人类在观察老鼠的行为过程的同时,老鼠却在研究人类。人类才是那个关在笼子中的“小白鼠”。地球不过是老鼠付款定制的一颗行星而已。就在答案即将揭晓时,地球却在完成任务之前的5分钟被沃贡人的舰队毁掉了。于是,“关于生命、宇宙,以及一切的终极问题”也随之湮没,42,也成为永久的谜。

邓特发现毛巾是宇宙中最有用的东西,他也在这次旅程中体验到了生命的全新意义。

《银河系漫游指南》是亚当斯最成功的一部小说。它首先以广播剧的形式播出。据说创作它的创意是在亚当斯在奥地利的茵斯布鲁克的一个田野里仰望星空时产生的,当时他喝醉了。那时,亚当斯带着一本《欧洲漫游指南》在奥地利旅游,但却依然无法与当地人进行有效的沟通。但由于他多次向人叙述这个故事,以至于已经无法回忆起在奥地利时的经历,而只记得他对此的叙述了。这个构思来由的故事可能是M·J·辛普森在他的亚当斯传记中杜撰出来的。或许,亚当斯是回到英国后才获得了这个灵感的。事实的真相,已经无从追查。

总之，科幻广播喜剧《银河系漫游指南》获得了巨大的成功，改编后的书籍很快就成为畅销书，英文版销量超过 1400 万册。

小说的无穷想象力来源于科幻，而喜剧色彩则在想象力的基础上，添置了大众化的色彩。所以，不论是科幻迷，还是非科幻迷，都喜欢读这本书。如果《银河系漫游指南》只是为了取悦读者，充其量也不过是个搞笑的小品，但亚当斯却在构思和人物描写上独具一格。他笔下的人物个性鲜明，惟妙惟肖，好像就生活在我们身边一样。

《银河系漫游指南》颠覆了人类思维的常态。在哪一部小说中，我们曾看到人类是被试验的对象，而实验者竟然是老鼠呢？人类为自己生存清除障碍，却成为被清除的对象。这是一个反客为主的问题，也是一个极具讽刺性的问题。人类，对于广袤的宇宙的了解，“简直和一只非洲蚊子对北京生活的了解程度没什么区别”。在哪一部小说中，我们曾看到地球竟然是聪明物种订制的呢？我们看到最多的，是对未来地球的毁灭的担忧。但读过《银河系漫游指南》后，我们似乎对于毁灭也没有那么的恐慌。地球毁灭，人类一定就要绝望透顶吗？

《银河系漫游指南》告诉我们，大可不必如此。宇宙广大无边，地球并不是人类唯一的栖息地。作品以轻松幽默的笔触，富有想象力的构思，给出了读者一个关于地球来源的颠覆性的答案。

以下是媒体对《银河系漫游指南》的评价。

无法抗拒。

——《波士顿环球报》

科幻小说，却又滑稽风趣到极点……古怪、疯狂，彻底跳出此前所有科幻小说的固有套路。

——《华盛顿邮报》

主角阿瑟·邓特与库尔特·冯尼格笔下的人物颇为神似，全书充满对人类社会现实的嘲讽和批判。

——《芝加哥论坛报》

一句话，这是有史以来最滑稽、最古怪的科幻小说，封面和封底之间，奇思妙想随处可见。

——《图书周刊》

荷马史诗《奥德赛》的疯狂古怪版，书中人物漫游银河，带给读者无限的欢乐。

——《出版周刊》

《银河系漫游指南》中关于毛巾这个词条也有一些解释。

一条毛巾，它解释说，大概是对一个星际漫游者来说最有用的东西了。从一个方面看，毛巾有着巨大的实用价值；但更重要的是，毛巾有着巨大的心理学上的价值。也不知道出于什么原因，如果一个“正常人”（正常人：非漫游者）发现一个漫游者随身带着毛巾，那么他会很自然地认为此人同样也有牙刷、浴衣、肥皂、装饼干的罐子、保温瓶、指南针、地图、绳捆、灭蚊喷剂、雨衣、太空服，等等。于是乎，他会很乐意借给这个漫游者所有这些东西，甚至还有其他的许多东西——而这些东西通通是这个漫游者碰巧“丢失”了的。这个正常人的心理就是，一个人，在广阔的银河系中漫游，在面对了许多可怕的困难并且成功地战而胜之以后，他如果仍然还弄得清楚自己的毛巾在哪里，那么这显然是一个值得认真对待的人。

因此，在搭便车漫游的行话中有这么一句，就是：“嘿，你碰过那个同行的福特·普里弗克特吗？那可是个真正知道自己的毛巾在哪里的好搭

档。”（碰：知道，认识，遇见，发生过性关系；同行：确实在一起的家伙；好搭档：在一起时让人惊叹的家伙）

“你带毛巾了吗？”福特突然对阿瑟说。

阿瑟——这可怜的人正在对付他的第三品脱啤酒——上下打量了他几眼。

“为什么？什么，不，没有……我应该带吗？”喝到这个时候，他对这种突兀的问题已经不再感到惊讶了。

福特恼火地弹了一下舌头。

“干。”他劝道。

就在这时，外面传来轰隆一声闷响，阿瑟被啤酒噎了一下，直跺脚。

“出什么事了？”他喊道。

“别担心。”福特说，“他们还没有开始呢。”

“喔，谢天谢地。”阿瑟这才放松下来。

“可能是你的房子刚刚被推倒了。”福特说，喝下了他的最后一品脱。

“什么？”阿瑟叫了起来。就在这一瞬间，福特方才咒语被打破了。阿瑟发疯般看了看他，然后跑到窗户边上。

“噢，上帝，他们真的那么干了！他们正在铲平我的房子。我他妈在这该死的酒馆里干吗，福特？”

“眼下看来这并没有什么不同嘛。”福特说，“就让他们乐一乐吧。”

“乐一乐？”阿瑟咆哮起来，“乐一乐！”他又迅速地瞟了一眼窗外。

“去他们该死的乐一乐吧！”他愤怒地嚷着，猛然冲出酒馆，差点儿带倒一个几乎已经空了的啤酒杯。

“住手，你们这些野蛮人！你们这些破坏狂！”阿瑟大声喊道，“你们这些半疯狂的蛮子，住手，听见没有？！”

福特看见这架势,知道自己必须跟在他后面。所以他迅速转向酒吧服务员,他刚向他要了 4 袋花生米。

“你要的,先生。”服务员说着把花生米扔在吧台上,“28 便士,谢谢。”

沿着乡间小道跑了一阵,阿瑟几乎快到自己的房子了。他没有注意到天气突然之间变得很冷,他没有注意到刺骨的风,也没有注意到突然之间毫无理由砸下来的暴风雨。他没有注意到任何事,除了那些缓缓碾过一片瓦砾的履带推土机。这片瓦砾刚才还是他的房子。

“你们这些野蛮人!”他高喊着,“我要起诉委员会,讨回每一个子儿!我要绞死你们,把你们五马分尸!狠狠地鞭打你们!下油锅……直到……直到……直到把你们收拾个够。”

福特跟在他后面飞快地跑过来,非常非常快。

“然后我还要再来上一次!”阿瑟叫道,“等我收拾完了,还要把你们的碎片都集中起来,再狠狠地踩上几脚!”

阿瑟并没有注意到,他所咒骂的这些人正从推土机里钻出来:他也没有注意到普洛塞先生正仰头惊恐地看着天上。普洛塞先生关注的是那些呼啸着划过云层的巨大的黄色物体——它们大得简直不可思议。

“是的,我会再狠狠地踩上几脚,”阿瑟咆哮着,仍旧在跑,“直到我脚上起了水泡,或者想到什么更让我不愉快的事儿,然后……”

正说着,他脚下绊了一跤、头冲前扑下去,又滚了一圈,最后背朝下仰天摔倒在地。这时他才终于注意到了天上出现的物体。用手指指着天上,他尖叫起来:“这是什么该死的玩意儿?”

就是这玩意儿,它巨大的黄色身影划过,伴随着令人头晕的噪音把天幕撕开,然后驶远,身后留下渐渐合拢的天空,还有“砰”的一声巨响,简直快把人的耳朵震到颅腔里去了。

# 16.《深渊上的火》

☞ 作者:[美]弗诺·文奇

☞ 译者:李克勤

☞ 推荐版本:四川科学技术出版社 2004 年版

## 作者简介

弗诺·文奇

弗诺·文奇(1944～ ),美国科幻小说家、数学家、计算机科学家,塞伯朋克流派的代表人物,曾 4 次获得雨果奖,擅长创作硬科幻小说。由于他十分重视教学工作,至今只发表了十余篇作品,但每部作品堪称经典。

1981 年,文奇发表了《真名实姓》,声名大噪。1984 年的《和平战争》与 1986 年的《栗色世界》进一步提升了文奇的声望。文奇的创作事业在《深渊上的火》(1992)和《天渊》(2000)中达到了顶峰,凸显了他的创造力和想象力。在这两部巨著中,文奇突破了硬科幻小说传统的物理法则,以史诗般波澜壮阔的图景征服了读者,赋予了传统太空歌剧[①]——崭新的灵魂，并获得了1993年和2000年的世界科幻大奖雨果奖。2007年，新作《彩虹尽头》再度获得雨果奖最佳长篇。

文奇的小说逻辑严谨，情节紧凑，充分的展现了科技的奇妙之处，在细节的构造和预见力上令人惊叹。在他的作品中，大量细致又富有逻辑性的描述使虚构的"异世界"栩栩如生，这或许得益于他数学家和计算机专业的基础。

文奇的主要作品有：《孤独》(1965)、《书呆子快跑》(1966)、《帮凶》(1967)、《格林的世界》(1969)、《炸弹危机》(1970)、《原罪》(1972)、《自作聪明》(1976)、《宝石》(1983)、《真名实姓》(1987)、《恐吓》(1988)、《费尔蒙特中学的流金岁月》(2001)、《彩虹的尽头》(2006)等。

在这个未来世界，银河系由"零意识深渊"分隔为爬行、飞跃和超限三界，三界最重要的区别在于能否超越光速。爬行界不能超越光速，飞跃界却能轻而易举地超越光速，而超限界，即使是最慢的飞行物也比光速快千万倍。各界的科技有天壤之别，同一界中，又有上、中、下之分。如果智慧生物穿过界线，进入高一级意识区，就可以实现飞升，变成天人。天人的

---

① "太空歌剧"(Space Opera)一词，始创于20世纪40年代，用来专门指科幻文学中某一类特定小说。这类小说的背景通常是庞大的银河帝国或繁复的异星球文化，情节综合了动作和冒险两种元素，属于宇宙英雄罗曼史小说。判断一部太空题材的科幻小说是否属于太空歌剧，最重要的标准就是，它是否是严格地按照天文学和宇航技术的知识展开情节。如果小说中的所有情节都是严格按照已有的天文学和宇航技术展开的，就不是太空歌剧。因为在太空歌剧里，太空只是冒险的背景，现有的科学常识无法限制人类的想象力。而《星球大战》就是一部典型的太空歌剧。文奇的《深渊上的火》堪称现代太空歌剧的代表作，它不但继承了太空歌剧的传统特点，又在新形势下有新的发展。

寿命极短，通常只有十年。高一级意识区制造的机器到了低级意识区就无法有效发挥作用。三界之间的界限并不稳定，时常会有波动和潮涌，这虽然对于处于界限边缘的文明非常危险，但同时也为它们提供了飞升的机会。

《深渊上的火》中文版封面

斯特劳姆星球的人在超限下界搞了个实验室，实验来自一个失落已久的巨库的配方，根据配方，他们创造出了一位新的天人。不幸的是，这个天人是个邪恶的二级变种。它的出现意味着无数的星球和文明将会消失，即使它被消灭了，邪恶和嗜血也将长期存在于生物体心中。人们将变种视为瘟疫。斯特劳姆人在激活瘟疫的同时，也激活了可以消灭它的反制程序。

约翰娜和杰佛里乘飞船在父母的带领下逃出了实验室，错过了与另一艘飞船相遇的地点，迫降在了爪族的星球上。爪族是一个一个的个体，

单独存在的时候并不具备思维能力，只有几个合成一体的时候才具有智慧，才能成为一个独立的个体。单个的爪族外形像狗，要组成一个具有智慧的生命个体，需要4～8个个体。它们使用无线电传递思想，同一智慧体的单体可以散布几十公里。

爪族里又分为两大派，一是代表正义的木女王，另一个是代表邪恶的铁先生和剜刀。约翰娜他们不幸被铁先生的军队发现，父母在战斗中丧生。约翰娜负伤，与杰佛里一起被带往城堡。中途，约翰娜被写写画画和行脚所救。起初，约翰娜以为是行脚等人杀害了父母，对木女王等人充满了敌意，伺机复仇。杰佛里则被铁先生的部队关押进牢房，与共生体阿姆迪关在了一起，并与之成为好朋友。

瘟疫现世的事实震惊了整个银河系。天人委托弗林尼米集团，寻找一个地球人，以供研究。拉芙娜就是该集团中的一个地球人，但她拒绝了天人的要求。于是在天人的帮助下，弗林尼米集团复活了一个叫范・纽文的地球人。拉芙娜劝范不要去天人的星球，但范却执意要去。在这里，范遇到了树族的绿茎与蓝荚。树族原本具有简单的智慧，创造者给它们装上了小车，在小车中内置了记忆体，使它们得以移动和记忆，进而成为星际间优秀的贸易商。拉芙娜从绿茎与蓝荚口中得知，他们竟然是斯特劳姆星球实验的最后目击者。绿茎与蓝荚要求弗林尼米集团监视瘟疫，遭到了拒绝。但由于集团总裁监听了他们的谈话，于是决定派遣飞船。拉芙娜等人收到了杰弗里的信号，决定去爪族的星球，救出杰佛里，找寻反制程序。拉芙娜希望范来帮忙，却发现范并不只是复活的人类，还是天人的特使。

天人本来认为瘟疫对自己没有威胁，采取了观望态度，却在最后一刻发现瘟疫正在杀死自己。于是在一瞬间将反抗瘟疫的计划全部输入了范的脑中，范因此昏厥，并成为天人裂体。拉芙娜和绿茎与蓝荚带着范，遵从天人的指导，终于登上了纵横二号飞船。但飞船在逃出时严重受损，他们必须对它进行修复才能赶往爪族的星球。

在爪族的星球上，木女王通过自体繁殖创造出了剜刀，却发现剜刀是个邪恶无比的家伙，于是将其放逐。剜刀却建立了与木女王相对的另一个王国。剜刀不断的实验，又创造出了铁先生，一个终极的邪恶体为其效劳。后来，剜刀在一次刺杀行动中四分五裂，只剩了两个残体，与泰娜瑟克特结合才保住了性命。泰娜瑟克特的三个个体控制了残体，她决定阻止铁先生妄图主宰整个星球的剔割计划。

铁先生发现杰佛里掌握着他所不知道的先进科技和武器，于是决定利用杰佛里消灭木女王。他告诉杰佛里，约翰娜及父母都是木女王杀死的，要他通过飞船上的通信系统求救并引来援兵。杰佛里信以为真，与拉芙娜取得了联系。铁先生在拉芙娜等人的指导下制造了大炮。

同时，约翰娜在木女王的城堡逐渐复原。写写画画想与约翰娜交朋友，但约翰娜以为是木女王等人杀害了父母及弟弟，对他们有很大的敌意。写写画画想帮助城堡反间谍，自己进行了周密的观察，却无意中发现了间谍维恩戴西欧斯的秘密，惨遭灭口。

约翰娜在与木女王等人的接触中，逐渐消除了误会，并教会了它们使用数据机，学习自己的语言和技术。

木女王和铁先生分别在姐弟二人的帮助下学习技术，建立军队。木女王却并不知道维恩戴西欧斯就是间谍。

拉芙娜等人在安眠星系修好了飞船。期间，绿茎失踪。范下飞船寻找绿茎，却被它袭击，幸被蓝荚所救。范发现，原来创造树族的人就是瘟疫。它为树族建造的小车，实际上是一种控制程序，一旦瘟疫被复活，程

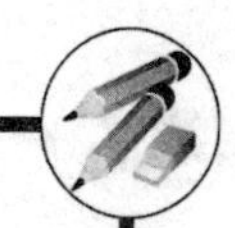

序就将启动，树族就会为它服务。而被这种程序控制的，还不止是树族。所以，瘟疫才在一瞬间，拥有了众多的拥护者。斯特劳姆文明圈在瘟疫的袭击下毁灭了。瘟疫紧紧追踪拉芙娜等人，寻找带着反制程序的飞船。

约翰娜在木女王的帮助下向飞船前进，请求救援。在途中，维恩戴西欧斯奉命想杀死约翰娜，却被行脚所阻，并被成功策反。

在与杰佛里的接触中，范意识到杰佛里可能被铁先生欺骗。

拉芙娜等人终于在爪族的星球着陆。杰佛里也在泰娜瑟克特的帮助下知道了铁先生的阴谋。姐弟二人在拉芙娜等人帮助下，终于重逢。范启动了反制程序，消灭了瘟疫。铁先生也在与木女王的对决中失败了。爪族星球终于恢复了和平与宁静。

## 影响和评价

文奇的作品一向以严谨的逻辑，紧凑的情节和惊人的想象力著称。《深渊上的火》同样展示了这样的特点。有人评价《深渊上的火》是对传统的太空歌剧的革命性的拯救。

在这部作品中，文奇想象出一个又一个奇异的外星种族，以及各种族间的激烈冲突。他在这部作品中充分展现了驾驭复杂情节的能力。这部作品不仅是对宇宙的鸟瞰式纵览，而且还细致的描写了处于中世纪文明的外星种族的生活。其中所描写的冲突、逃亡、阴谋和复仇，构成了一首波澜壮阔的银河英雄史诗。

作品中所描写的三界划分，不由得使人联想到了中国的人鬼神三界之分，虽然并不相同。文奇描写的外星人对科技的向往，对朋友的渴望和忠诚，实际上是对人类社会的一种映射。而且，文奇描写的人物往往有一种对应性，比如绿茎与蓝荚，约翰娜与杰佛里，如果忽略性别不计，读者会觉得他们其实是同一个人。

小说中也有不足，比如范的个性不是很强，似乎只是个工具而已，甚至在小说的结尾高潮阶段，也是如此。而且，铁先生周密的阴谋竟然暴露得如此容易，也让人觉得愕然。

当然，即使存在一些缺陷，《深渊上的火》也依然是一部优秀的经典作品。它做描绘的星际战争和外星星球波澜壮阔而又瑰丽的图景，在读者心中留下了深刻的印象。

范·纽文走过拉芙娜一两步，双手叉腰，伫立着遥望大海。他转身看了她一眼，绿色晚照中，他的脸上带着一种奇异的炽烈表情。过去那种歪歪斜斜的笑容又出现了，“我想我应该向你道歉。”

老头子总算同意你加入人类的行列、具有人类的感情了？但拉芙娜还是被打动了，她垂下眼睛，“我想我也该道个歉。老头子不打算帮忙是他的事，我不该朝你发火。”

范·纽文轻声笑了，“你的错误肯定比我的小些。我还在琢磨上次什么地方说错了话，冒犯了你，但……我想我的时间不多了，来不及改正错误了。”

他的目光又转向大海。过了一会儿，拉芙娜站起身朝他走去。从近处看，他的目光有点呆滞。“出什么事了？”老头子，你真该死！打算抛弃他就一下子抛弃好了，别慢吞吞地折磨人！

“你是超限界天人的大行家，对不对？”

又开始取笑了。“这个嘛——”

“老大们也有战争吗？”

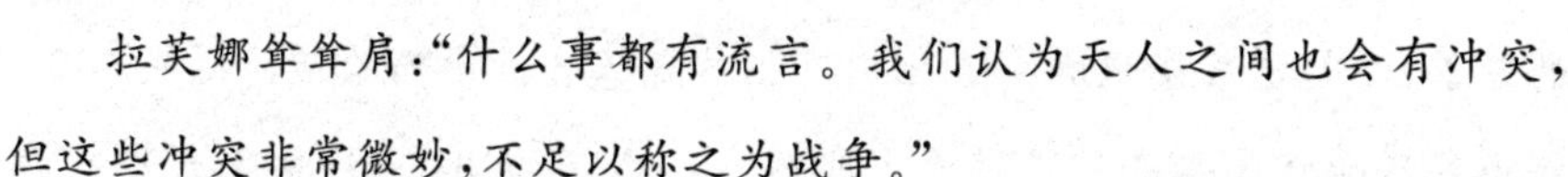


拉芙娜耸耸肩:“什么事都有流言。我们认为天人之间也会有冲突,但这些冲突非常微妙,不足以称之为战争。”

“你基本上是对的。有冲突,但冲突方式比下面这儿多得多。通常情况下,彼此合作带来的好处更大……我没把变种当回事,这也是原因之一。再说,那东西可悲至极,叽叽歪歪的混帐,把自己窝里都搞得乌七八糟。就算它有心杀害其他天人,这种事儿也绝不会发生,一亿年内都不会……”

蓝英滚了过来:“这一位是谁? 女士?”

车手这种冒冒失失插进谈话的毛病她现在还没完全适应过来,先查查小车里的记忆装置不就知道了? 接着,这个问题猛然间撞击在她的脑海:这一位是谁? 她朝自己的数据机扫了一眼,自从范来了以后,上面一直显示着收发站的使用情况……天人在上,单独一个用户垄断了整整三台收发站!

她突地后退一步:“你!”

“是我! 又一次跟你对面晤谈,拉芙娜。”那种歪着嘴巴的笑容是模仿出来的,拙劣地模仿范自信的微笑,“抱歉今晚我不够迷人。”他笨拙地拍拍胸口,“我正在运用这个装置的潜在本能……我正拼命挣扎着活下去哩。”

一溜涎水从他嘴角边淌下来。范的目光凝视着她,接着,目光散乱了。

“你对范做了什么!?”

特使装置朝她迈了一步,绊了一下,“让开。”这是范的声音。

拉芙娜发出指令,接通格隆多的电话。没有反应。

特使摇着头:“弗林尼米集团目前非常忙碌,正极力劝说我放开他们

的设备，鼓起勇气想逼我走。他们不相信我正告诉他们的话。”他笑起来，发出一串哽咽的声音，“没关系。我现在明白了，对这里的攻击只是一种牵制手段，一个致命的陷阱……你以为如何？小拉芙娜？明白吗，瘟疫并不是一个二级变种。我剩下的时间不多了，只能猜测它的来历……非常古老，非常大。不管它是什么，我正被它活活吃掉。”

蓝荚和绿茎滚近拉芙娜，枝叶摇动，簌簌作响。几千光年以外，在超限界深处，一位天人正力战求生。而他们见到的，只是一个人，变成了一个淌口水的白痴。

“这就是我的道歉，小拉芙娜。帮助你很可能并不能挽救我。”声音突然哽住了，他断断续续喘了口气，“但现在帮助你，是一种——你只能理解为复仇，我的动机你只能理解这么多。我把你们的飞船召唤下来，动作要快，不要用反重力垫，你也许能挺过下一个小时不死。”

蓝荚的声音既胆怯又喧嚣，两种矛盾的声音同时发出，“不死？这是飞跃中界，只有传统攻击才会奏效，可我们没有发现任何迹象。”

# 17.《猫城记》

☞ 作者：老舍

☞ 推荐版本：人民文学出版社 2008 年版

老舍(1899～1966)，原名舒庆春，字舍予，中国现代小说家、戏剧家，因知名作品很多，荣获“人民艺术家”称号。笔名有“舍予”、“老舍”。老舍是最常用的笔名，另有“鸿来”、“非我”等笔名。

老舍

老舍一生写了约计 800 余万字的作品。主要著作有：长篇小说《二马》、《猫城记》、《骆驼祥子》、《四世同堂》，中篇小说《月牙儿》、《我这一辈子》，短篇小说集《赶集》、《樱海集》、《蛤藻集》、《火车集》、《贫血集》，剧本《龙须沟》、《茶馆》。

老舍以长篇小说和剧作著称于世。他的作品大都取材于市民生活，为中国现代文学开拓了重要的题材领域。他所描写的自然风光、世态人情、习俗时尚，运用的群众口语，都呈现出浓郁的“京味”。他的短篇小说构思精致，取材较为宽广，耐人咀嚼。

## 内容精要

一架飞往火星的飞机在碰撞到火星的一刹那机毁人亡，只剩下“我”幸存下来。我被一群长着猫脸的外星人俘虏，带到了一艘船上，随后来到了他们的猫城。

《猫城记》封面

一个猫人从监狱的牢房里将我救了出来，带回了家，从此，我开始了外星生活。

我向猫人要吃的东西，猫人却给我了树叶。我不明所以，并不接受，猫人却很生气。我吃了一叶后，神志模糊。后来我学会了猫语，知道了救我的猫人叫大蝎。我的树叶叫做迷叶，由外国人带来，是一种类似毒品的能使人上瘾的食物。后来，猫国的人都吃这个上了瘾，迷叶也变成了猫国

的国食。

在猫国的经历，我发现了猫人具有几个特点。

懒惰不事生产。尤其是迷叶成为国食后，更是如此。请客吃的是迷叶，宴会、送礼更是迷叶当主角。就连发的军饷，也用迷叶充数。由于迷叶使猫人上瘾，因此越吃越馋，越吃越懒，最后，连迷叶树叶都没人种了。那些少数种植迷叶树的人，也不是因为勤劳，而是为了获得政治地位。拥有迷叶树，就意味着拥有地位，可以控制别人。但由于长期吞食迷叶，致使全国上下昏昏沉沉，全都变成了瘾君子。

不爱干净。猫人不爱洗澡，食物上苍蝇乱飞，街上臭气熏天。大战在即，皇宫外的防御工事竟是用烂泥臭水筑成的。

愚昧虚荣。女人只注重自己的外表，每天只想着打扮。学者不注重学术研究，只靠互相攻击争夺第一，政府官员只能靠迷叶才能维持统治。冒牌革命家比比皆是，只会起哄，结果越闹越糟，无法收拾。而真正的革命家却被人诬陷为假冒伪善，被斩首，悬头于城门之上。猫人们不为此感到悲哀，反而将去城门看头变成了一件乐事。“看头去！”成了“猫城中一时最流行的三个字”。人们一边看头，还要对头进行一番评头论足。

好色。猫国实行一夫多妻制。外交官竟有一妻八妾，最后终于好色而亡。政客召开宴会之前，先要嫖妓，然后才能吃饭。

不重视教育。举国上下，视教育为儿戏，小学即大学，小学生即大学生，随意拖欠教师的工资，有的竟拖欠了 25 年之久。学生对老师随意侮辱打骂，老师为了保命，也只能听之任之。

明争暗斗，自相残杀，道德沦丧。商人们哄抬物价，从中赚取暴利。猫人们自相残杀。即使在最后大敌当前之时，他们也是如此。结果只剩下了两个猫人，却还在窝里斗。敌人将他们装进一个大木笼里，结果两个猫人互斗而亡。猫人自己灭绝了自己。

自私自利。“猫人只知道自己”,“是完全以自己为中心的,为自己的利益而利用人似乎是他所以交友的主因”。利用国家财产损公肥私的事屡见不鲜。图书管理员把图书都卖了,而博物馆人员则倒卖文物。结果,国家财产都不见了。

崇洋媚外。猫人害怕外国人。尽管五百年前,他们曾在对外国人的战争中取得过胜利,但自相残杀和迷叶使得他们已经完全忘记了与外国人打仗,而一致对内,进行内战。“每个地主必须养着几个外国人作保护者”。“不经外国人主持,他们的皇帝连迷叶也吃不到嘴”。因此,在与外国人的战斗中,皇帝带头逃跑,国家的正规军(“大蝎军”、“红绳军”合称“国家夫司基军”)也一哄而散。后来发现逃命不成,只好回头迎敌。原因竟是“谁先到谁能先把京城交给敌人,以后自不愁没有官做。”但当他们跪倒在敌人矮兵面前时,矮兵并没有为他们加官晋爵,而是一阵乱棍,全部打死。

我完全了解了猫人后,猫人也灭绝了。灭绝在自相残杀之中。我在火星上又住了半年,后来乘法国的探险机回到了地球。

《猫城记》是世界闻名的一部讽刺性长篇小说,由老舍创作于 1932 年,是老舍的喜剧作品中比较有特色的一篇作品,至今已有多种外文译本,知名度仅次于《骆驼祥子》。

小说通过猫人混乱的生活和丑恶行径,深刻地剖析了旧中国时期国民的劣根性,并借此间接地抨击当时中国的当权者——国民党政权的腐败、无能。小说结尾猫人的灭绝则反映了作者当时对民族前途的悲观信念，也反映了作者在寻求真理过程中的徘徊、苦恼。小说以沉郁的文字描绘了一幅灰色的图景，最终引领了猫族的灭亡。

在这部作品中，老舍先生“黑色幽默”的语言风格展露无疑。老舍先生是京味小说的先驱与代表，但在《猫城记》这部作品中却没有像以往那样用过多的北京方言编制形象。一方面这与上文提到的小说特殊背景有关，另一方面却是因为作者蓄意尝试着一种特殊的语言风格。作为猫人看待的另一种外国人，他们在与主人公善意地交流时有这样一段话，“我们为什么组织这个团体呢？因为本地人的污浊习惯是无法矫正的，他们的饭食和毒药差不多，他们的医生就是——噢，他们就没有医生！”类似口语上的突然转折，常常被设计成相声中的包袱，这里令人莞尔一笑的同时，也会适宜地引起我们对那一年代的国民在卫生、医疗方面的状况和习惯的反思。这篇小说尽管主观上背离了当时常用的幽默手法，但客观上偶然地具备了20世纪60年代才被世界广泛认可的黑色幽默艺术特色。

象征讽刺的运用在这部《猫城记》中可谓贯穿始终。猫人社会，这个虚拟的火星国家，影射着千疮百孔迟早要灭亡的旧中国社会。迷叶，贯穿着全文始终：这个使猫人须臾不得离开的粮食替代品，发挥了巨大的毒害作用，是猫人社会走向衰败的一个重要因素。它作为药物能医好个人却治死了国家，正是残害我们国人一个多世纪的鸦片的缩影。

我一直的睡下去，若不是被苍蝇咬醒，我也许就那么睡去，睡到永远。原谅我用“苍蝇”这个名词，我并不知道它们的名字；它们的样子实在像小绿蝴蝶，很美，可是行为比苍蝇还讨厌好几倍；多得很，每一抬手就飞起一群绿叶。

身上很僵，因为我是在“地”上睡了一夜，猫人的言语中大概没有“床”这个字。一手打绿蝇，一手摩擦身上，眼睛巡视着四围。屋里没有可看的。床自然就是土地，这把卧室中最重要的东西已经省去。希望找到个盆，好洗洗身上，热汗已经泡了我半天一夜。没有。东西既看不到，只好看墙和屋顶，全是泥作的，没有任何装饰。四面墙围着一团臭气，这便是屋子。墙上有个三尺来高的洞，是门；窗户，假如一定要的话，也是它。

我的手枪既没被猫人拿去，也没丢失在路上，全是奇迹。把枪带好，我从小洞爬出来了。明白过来，原来有窗也没用，屋子是在一个树林里——大概就是昨天晚上看见的那片——树叶极密，阳光就是极强也不能透过，况且阳光还被灰气遮住。怪不得猫人的视力好。林里也不凉快，潮湿蒸热，阳光虽见不到，可是热气好像裹在灰气里；没风。

我四下里去看，希望找到个水泉，或是河沟，去洗一洗身上。找不到；只遇见了树叶，潮气，臭味。

猫人在一株树上坐着呢。当然他早看见了我。可是及至我看见了他，他还往树叶里藏躲。这使我有些发怒。哪有这么招待客人的道理呢：不管吃，不管喝，只给我一间臭屋子。我承认我是他的客人，我自己并没意思上这里来，他请我来的。最好是不用客气，我想。走过去，他上了树尖。我不客气的爬到树上，抱住一个大枝用力的摇。他出了声，我不懂他的话，但是停止了摇动。我跳下来，等着他。他似乎晓得无法逃脱，抿着耳朵，像个战败的猫，慢慢的下来。

我指了指嘴，仰了仰脖，嘴唇开闭了几次，要吃要喝。他明白了，向树上指了指。我以为这是叫我吃果子；猫人们也许不吃粮食，我很聪明的猜测。树上没果子。他又爬上树去，极小心的揪下四五片树叶，放在嘴中一个，然后都放在地上，指指我，指指叶。

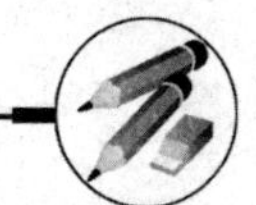

这种喂羊的办法，我不能忍受；没过去拿那树叶。猫人的脸上极难看了，似乎也发了怒。他为什么发怒，我自然想不出；我为什么发怒，他或者也想不出。我看出来了，设若这么争执下去，一定没有什么好结果，而且也没有意味，根本谁也不明白谁。

但是，我不能自己去拾起树叶来吃。我用手势表示叫他拾起送过来。他似乎不懂。我也由发怒而怀疑了。

# 18.《城堡里的男人》

☞ 作者:[美]菲利普·K·迪克

☞ 译者:徐崇亮,王正琪

☞ 推荐版本:漓江出版社 2001 年版

## 作者简介

菲利普·K·迪克(1928～1982),美国科幻小说家,硬科幻小说的代表作家之一。一生出版过 38 部作品,除此以外,还有一百多篇短篇小说发表在杂志上。他的作品有 7 部被改编成了电影。

菲利普·K·迪克

迪克生前虽得到了著名科幻作家的认可,可大众却并不接受他,直到他去世后,才逐渐为人们所知。他的作品多以美国加州为背景。他早期的作品一直在探索社会和政治论题,后期则把重心放在了讨论毒品和神学上。

《城堡里的男人》是迪克最著名的作品,它创造出了一种新的科幻作品类型——错列历史,也凭借此作获得了 1963 年的雨果奖最佳长篇小说,被视为当代科幻小说的经典。从此,迪克作品的主人公常带有歇斯底里的神经质特点,并再现出冷战时代的惶惶不安。

1982年，迪克去世时，科幻小说家汤马斯·迪斯科及一批推崇他的人创立了迪克基金会，设立了菲利普·K·迪克科幻小说奖，旨在纪念他。现在，该奖项已经成为科幻小说界的主要奖项之一。

迪克一生创作了大量作品，主要包括《宇宙傀儡》(1953)、《未来博士》(1953)、《太阳系彩票》(1955)、《琼斯创造的世界》(1956)、《冷嘲者》(1956)、《明天的世界》(1964)、《幻象》(1964)、《太空裂缝》(1966)、《神圣的入侵》(198O)，以及大量的短篇小说和科幻故事。

## 内容精要

1933年，美国总统富兰克林·德拉诺·罗斯福被刺杀，他的继任者是副总统加纳，其后由布莱克取代。但两人皆无法复苏美国的经济大萧条，且对战争仍墨守孤立主义。由于美国经济不景气且实行孤立主义，在第二次世界大战中，英国和欧洲其他地区落入了轴心国控制中。苏联在1941年崩溃解体并被纳粹占领，多数南斯拉夫人惨遭灭绝，幸存的那些则被限制在一个类似保留区的封闭区域中。在日本的猛攻下，珍珠港陷落，太平洋舰队全军覆没。日本借此机会军力扩张，在20世纪40年代初占领了夏威夷、澳大利亚、新西兰及西南太平洋。从此后，美国陷入轴心国的控制中，许多重要城市严重损毁。

1947年，同盟国向轴心国投降。根据1947年的和平协定，轴心国东西双方以美国中部与乌拉尔山脉为界划分势力范围。美国东部处于德国的直接占领下，西部则由日本扶持的白人傀儡政权控制。

三藩市成为西海岸最繁华的城市，日美经济体系的中心。每年夏天，都会有大量的日本游客带着尼康相机到西海岸旅游，疯狂地收集旧美国时代的文物。在和平的表层下隐藏着战争的阴影。

《城堡里的男人》中文版封面

在马丁·鲍曼的领导下，德国人开始实现元首未竟的事业。犹太人已经在美国西部以外的地区完全消失，非洲和亚洲的有色人种也在有计划地减少。汉莎航空的近地轨道客机垄断了各大洲的洲际航线。纳粹德国继续着自己的火箭计划，布赖恩研制的火星和金星飞船已经开始启用，电视也得到了普遍的应用。

日本建立了环太平洋共荣体系，各地正全力开展现代化的建设。日本并没有实行种族主义，而是实行民族等级制度，承认黄种人和黑种人拥有生存权。此举引发了与德国之间的人权争议。日德因此陷入了冷战。

鲍曼死后，第三帝国陷入了动荡。有预言表示希姆莱和海德里都想与日本联手威胁戈培尔的执政地位，并推行更温和的人权政策。

一个叫阿本森的美国作家在易经的启发下，创作了一本名为《蝗虫的烦恼》的架空历史小说。其中描述了一个轴心国失败，而同盟国胜利的世

界。在小说中,美国总统富兰克林·德拉诺·罗斯福在暗杀中幸存,并在1940年试图推选女性总统,但没有成功,由雷克斯福德·特格韦尔继任。英国对战争做出了重大贡献,但美国和苏联几乎没有。大战的拐点是英国与德国将军埃尔温·隆美尔所率领的纳粹军队在非洲的对决,英国取得了胜利。英国前锋穿过了高加索山脉与俄国军队会合,取得了斯大林格勒战役的胜利。意大利反过来对抗轴心国,英国的坦克最终开进了柏林。战后,英国由丘吉尔领导,美国最大的出口国是由蒋介石统治的中国。当美国解决自1950年造成的两大族群的种族争议时,大英帝国仍然坚持它的种族主义。美国挑战着英国在传统世界体系上的权威地位。但在这场对决中,英国取得了胜利,并成为世界上最强的势力。

这本书被第三帝国宣布为反动书籍,但日本人却接受了它。于是,阿本森逃到了日本占领区,在落基山脉的山顶建了一个别墅,在那里继续写他的幻想小说,人们称他为"高堡奇人"。

瑞士的官员伯恩斯到美国会见日本贸易代表团团长进行贸易谈判,而他的真实身份是盖世太保的反间谍专家,也是少数潜伏在第三帝国的犹太人。在团长的引荐下,伯恩斯见到了日本的上层人物,并告知德国即将对日本发动战争的消息。

三藩市的古董店店主奇丹靠向日本人贩卖美国文物和纪念品为生。奇丹在迎合日本人的同时,还想在日本人面前保持美国文化的自豪,不断寻找"真正的"美国文化,求助于《易经》找寻解脱之道。为了讨好日本团长,奇丹向伪造古董的高手订购产品,调查研究普遍的伪造,在文物市场增加日本人对"真正的"美国文物的兴趣,但奇丹也因此受到了警察的调查。

佛兰克是犹太人,以珠宝生意为生,在几年内就创造出了一流可信的美国艺术品。同时,他也试图隐藏自己是犹太人的身份。他失去了家庭和工作,并且面临被引渡给德国警察的处境,伯恩斯救了他。佛兰克的妻子朱莉安娜在离开佛兰克后,和一个自称是大战中的意大利老兵的卡车司机乔交上了朋友。她与男友乔都读过《蝗虫的烦恼》,于是决定到落基山旅游,去山上拜访阿本森。途中,安娜发现乔是德国人的特工,想以她为掩护杀死阿本森。于是她借机杀死了乔。安娜终于见到了阿本森。阿本森告诉安娜,《易经》并不能给出世界想要的答案,它只不过是通往另一个世界的一扇门。

## 影响和评价

《城堡里的男人》以希特勒为代表的轴心国的胜利为背景,通过反讽

《城堡里的男人》英文版封面

表现了人类的本性和面对灾难时的勇气。作品情节离奇,富有想象力,充

满了幻想，即使是严肃文学的评论家也认为此作具有相当高的文学价值。它虽然不是第一本架空历史小说，但却确立了这种文学体裁，并使之成为一种文学类型。它获得了1963年的雨果奖，也使迪克的事业在科幻小说界达到了顶峰。《高堡奇人》是迪克所有作品中结构最紧密、角色最清晰者的一个，而且它使用了最少的标准科幻小说题材，比如星际旅行。

在这部作品中，没有华丽的辞藻堆砌，作者用近乎单调的笔触准确的勾勒出现实世界扭曲、虚妄、阴惨的景象，这更像是一种神经质似的独白。

《城堡里的男人》留给读者这样的疑问：是谁造成了现实与虚幻如此大的反差？为什么要将我们熟知的现实变成可笑的欺骗？这些问题在迪克的其他小说中，也提出过。

像迪克的其他作品中一样，《城堡里的男人》中也有关于正义与否，性别与权利，羞耻感与身份，文化法西斯主义和种族主义的影响，价值的缺乏，种族歧视等话题的讨论。虽然这些讨论并不能最终解决问题，但它却使人们再一次思考，再一次面对。

"我读了你的书，"朱莉安娜说，"其实我是今天晚上才读完的。你怎么知道这一切的，你所写的另一个世界的事情？"

霍索恩未吱声，他用指关节抵着上嘴唇，皱着眉头瞅着她身后的什么地方。

"你使用过神谕吗？"朱莉安娜说。

霍索恩瞥了她一眼。

"我不希望你骗我，或者开玩笑。"朱莉安娜说。

"告诉我，别耍小聪明，玩弄辞藻。"

霍索恩咬住嘴唇，盯着地板；他双手抱肩，着力点落在脚后跟上，来回晃悠着。

房间里的那些人静了下来，朱莉安娜注意到，他们的态度有变化。他们显得不那么高兴了，因为她说的这番话。但她并不打算收回或者隐瞒，她不想佯装不知。这太重要啦。她走了这么远，费了这么多劲，就是要从他这里搞清楚真相。

“这是……一个很难回答的问题。”阿本德森终于开口道。

“不，不是这么回事。”朱莉安娜说。

现在房间里所有的人都不出声了，他们全都看着朱莉安娜以及和她站在一起的卡罗琳和霍索恩·阿本德森。

“我很抱歉，”阿本德森说，“我不能立即答复。你得接受这个现实。”

“那你为什么写这本书？”朱莉安娜问。

阿本德森用酒杯指指说：“你衣服上这枚胸针做什么用的？避开这不变的世界里危险的精灵吗？抑或仅仅把衣物别在一起呢？”

“你干吗要把话扯远？”朱莉安娜问，“回避我的问题，说些不得要领的话吗？真是幼稚。”

霍索恩·阿本德森说：“每个人有自己的秘密。你有你的，我有我的。你可以读我的书，接受它表面的价值，就像我接受我的所见一般……”他又用杯子指了指她，“如果那下面真的塞满了线头、木片和海绵橡皮之类的东西，也不要打听。难道那不是相信人的性质部分，你一般所见到的东西吗？”

她认为，他现在似乎有点紧张，有点烦躁，不再彬彬有礼，不再像个男主人。而卡罗琳呢，朱莉安娜眼角的余光注意到她的眼神里有一种紧张恼怒的表情，她的双唇紧闭，脸上的笑容消失了。

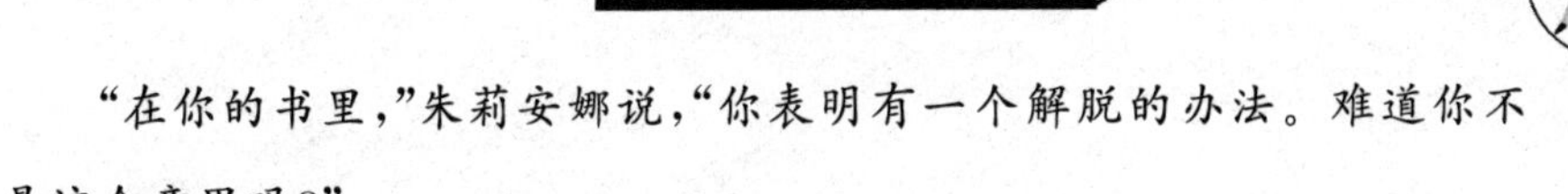


“在你的书里，”朱莉安娜说，“你表明有一个解脱的办法。难道你不是这个意思吗？”

“解脱？”他滑稽可笑地重复道。

朱莉安娜说：“你已经为我们做了许多，现在我能弄明白没什么可担心的，在这里没什么可要、可恨或者可回避的，要么躲开，要么穷追不舍。”

他面对着她，轻轻地摇晃着杯子，审视着她：“这个世界上有很多值得一试的事情，以我之见。”

“我知道你心里面怎么想的。”朱莉安娜说。

对她而言，这是一张熟悉而又陈旧的男人面孔，但这并不妨碍她到这里来弄个明白。她失去了以前曾有过的感觉。

# 19.《月亮孩子》

☞ 作者:[美]杰克·威廉森

☞ 译者:李丽琼,邵芳编译

☞ 推荐版本:人民日报出版社 2006 年版

## 作者简介

杰克·威廉森(1908~2006),美国科幻小说大师级作家。威廉森从 1928 年开始写作,从事创作近 80 年,堪称科幻史上的奇迹。

杰克·威廉森

威廉森的写作风格多样,他总是可以调整自己的创作方向,使之适应市场的需求,这可能也是他的作品总是热销的原因之一。

威廉森的创作可以分为两个阶段。1945 年以前,他的创作集中在当时流行的"太空歌剧"上;1945 年以后,他的创作呈多样化,更关注科技的发展对人类心理和社会所产生的影响。2001 年,93 岁的威廉森又以一部《最终的地球》获得了科幻大奖雨果奖,创造了科幻史上的另一项奇迹。

威廉森的主要作品有:《潜在的异族》、《月亮孩子》、《智能机器人》、《天网坠落》、《星桥》、《海底世界》、《滩头堡》、《月亮魔鬼》、《黑太阳》、《石柱门》、《最终的地球》等。

汤姆从小就梦想着成为一名宇航员登月，金是汤姆的弟弟，却比汤姆自卑得多。长大后，汤姆终于实现了自己的梦想，参加了一个追求宇宙大同的民间组织——太空联合，全面展开了探测太阳系内各大行星的勘测活动。

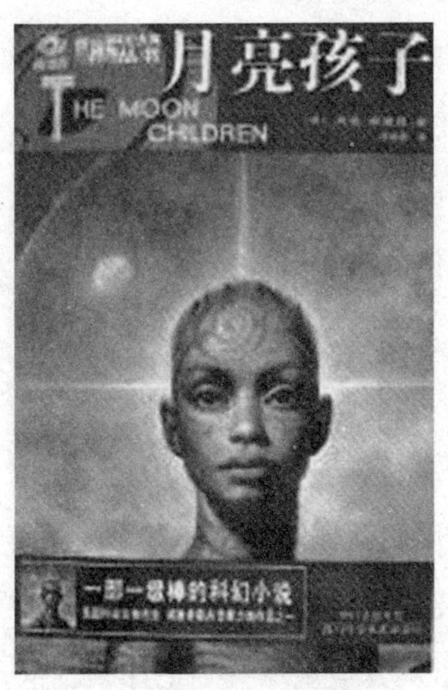


《月亮孩子》中文版封面

汤姆与其他两个宇航员埃里克·梭森，尤里·马可乘宇宙飞船登上了月球。在飞往月球的过程中，几人一度与总部失去联系。当人们发现他们时，却发现他们晕倒在飞船外，嘴里、口袋里都塞满了黑色的晶体。马可称自己与来自外星的智慧生物交谈过，并看见了奇怪的建筑物。梭森说自己看见了一座城堡。而汤姆却说看见了失踪十几年的父亲，他发现了大笔的金子。

尽管几个人的说法不一致,他们却几乎在同时迅速的结婚,生子。梭森和马克的孩子先分别出生,是一个男孩和一个女孩,叫做尼克和凯莉,他们聪明而且漂亮,且他们之间似乎在婴儿时期就有着某种心电感应。汤姆的孩子后出生,取名为盖,显得笨拙而丑陋。他们有着同一个特点,就是拥有超人的能力,且都不喜欢穿衣服。

人们发现,是月球上的沙砾改变了三人的遗传基因。因为三个孩子如此奇特,人们称他们为月亮孩子。

随着人类与外星球的冲突,三个孩子也开始承受来自人类的敌意。在一次郊游中,梭森受不了来自尼克的压力,企图杀死他。结果三个孩子都受了伤,梭森也精神崩溃。

盖发现了黑色晶体的秘密,他将晶体组合起来,形成了一个四面体。凯莉企图利用四面体,弄清楚他们来到地球的意义。但盖却和尼克发生了激烈的冲突。后来,盖从医院逃走,并和一个女孩在流浪中赚了很多钱,直到他被金找到为止。

凯莉和尼克想利用四面体建立超光速粒子终端站,认为建立终端站可以拯救地球,金星及其他所有生命。而月球孩子的使命就是建立终端站,引导超光速粒子船从其他星球飞到地球来。但计划却被以梭森为首的人类官员否决了。金遇到了失踪多年的汤姆。汤姆声称可以帮助孩子们实现愿望。

孩子们住的大楼被金属蚂蚁袭击,倒塌了。孩子们失踪了。

金和官员在乘坐飞机时,遭到了太空蛇的袭击,飞机坠毁。幸运的是,金活了下来,并在医院里遇到了司柏克·巴罗,从他的嘴里知道了盖的消息。

原来,盖带着四面体来到了费尔发克司。利用四面体的奇特功能,盖治愈了很多疾病，使费尔发克司的女人们对盖奉若神明，称他为月球国王，且都怀上了盖的孩子。

金决定去找盖。在途中遇到了盖的女卫兵夏娃和丽蕃，从她们那里知道了盖的神迹。金在他们的引导下，终于见到了盖。同时也见到了尼克和凯莉。在宇宙组织分裂后，他们在高台地的车间修建起了一个装置——金属蚂蚁。它们像昆虫一样在地下中心进行自我复制。它们是用来修建超光速粒子终端站的工具。二人要建立一个跨银河系终端站，这样就能引导星际飞船到来，并带来宇宙生物之间的和平。跨银河系文化将促进不同星系之间的人的互相了解，阻止星际战争。虽然他们建好了终端站，但却无法将它点燃。因为要点燃它必须要用四面体。他们这次来，就是来向盖要四面体。

盖不愿意把四面体给他们，并和尼克发生了激烈的冲突。尼克被盖杀死。凯莉伤心不已。

盖决定和凯莉、金他们去终端站，并点燃它。途中，遇到了汤姆。

在旅途中，凯莉发现，盖的行为和思维越来越像尼克。在终于到达终端站塔底的时候，凯莉发现塔顶竟被太空蛇占领了，一时之间一筹莫展。

盖神秘地死亡了。伤心的三人来到了山洞里休息。一觉醒来，金发现凯莉和汤姆不见了，于是出去寻找，发现在一块石头上，凯莉将盖的头放在身前，汤姆则在身边帮助她，好像在举行什么复活仪式。

奇迹发生了。尼克从盖的尸体中重生。三人一起奔向终端塔，点燃了它，迎来了太空使者。

凯莉告诉金，其实太空蛇并没有恶意，它们接近人类的飞船是企图与它们沟通，但一直找不到方法。而雾是来自金星的一支军队，它遮住了被派遣来阻止人类污染其星球的行军队伍，它由特别突异生物组成，繁衍并在生物宇宙里生存。

凯莉将和尼克乘超光速粒子船离开地球，归期不定。

金则独自走进了他一直逃避进入的未来。

《月亮孩子》是一部充满幻想而又人情味十足的小说。威廉森生动地描绘了人类登月后，月球上的物质给人类带来的影响，以及月亮孩子在地球上克服困难，最终结束星际战争，带来宇宙和平的故事。

这部小说虽然没有其他科幻小说的那些星际大战的场面，勾心斗角的阴谋和嗜血的杀戮场面，但依然是一部错综复杂、扣人心弦的历险故事，同时也是人类对寻找宇宙空间潜力的一种深刻的思想探索。

小说结合了温丹《候鸟》中的精彩故事情节与克拉克《童年结束》中的惊人的洞察力。威廉森在这部作品中，描绘了一次与众不同的未来历险记。

有评论家认为，《月亮孩子》是世界级的一级科幻小说，它富于想象力的情节设计，完美地展现了地球以外的世界。人物离奇而又真实，让人不忍释卷。作品里充满了温暖，给人以勇气和力量。

最后我也睡了，虽然我曾想替她守夜。我醒来时又被冻僵了，四肢麻木。四处依旧是漆黑和死寂，四面体的光消失了，汤姆的呼噜声也没有了。我小声地叫着汤姆和凯莉的名字，还四处摸索着，寻觅着，但没找到任何人，连影子都没看到一个。

我害怕地颤抖看，光着脚跌跌撞撞、摇摇摆摆地跑出了山洞。我看见了空中闪烁的猎户星，知道午夜即将过去。星光照耀下的公路看上去空荡荡的，我叫了一声，却只听到了从远处山崖传来的微弱的回声。

我摇晃着往前走时，脚趾头踢到了一块石头，疼痛反而使我从恐惧中冷静下来。我一瘸一拐地走回山洞找到了我的鞋子，然后走出来开始再度寻找凯莉和汤姆。

我还是没有找到他们，雾的味道使我不得不在峡谷口停下来，它仿佛就是一堵令人窒息的罪恶的墙。我爬上了一块岩石想看看车子在什么地方，那疯狂的白雾正在撞击着它，它在那发着冷光的雾气中时隐时现。

阴郁的冷静在我心中升起，我停止了徒劳的叫喊，又回到了山洞。我因为害怕而抖得更厉害了，蜷缩回到毛毯中，漫无目的地等待着白天的来临。

我想，汤姆和凯莉因为想救盖而双双丧生了。我能想象到雾在升到太空蛇们所占领的高地时的情形：浓雾充满了整个世界，抢夺了人类生存的最后一个空间。也许我已是最后一个活着的人了。或许我也是余日无多了，因为我正身处在这荒凉的如同雾一般死寂的死亡陷阱里。

奇怪的是我觉得我对以后的命运已经无所谓了，我的存在好像已成了一种抽象的东西。我回头看了看睡了一宿的山洞，觉得自己的生命是无意义的，单调而蹩脚的，充满了可怕的失败和挫折，现在的我是一个孤零零的旁观者了。

只身子影的我开始产生了对汤姆的嫉妒之心，他总能抓住一些我不能得到的好的东西。他似乎是在各方面跟我完全相反的人，他总是有胆有识，还喜欢自吹，但他的生活显得比我的有价值。也许我俩的父亲是对的，也许我真的是个不折不扣的孬种。

我回想着这些无聊的事情，迷迷糊糊地睡着了。慢慢地，我进入了梦乡。在梦中，我看到了我和汤姆在最高的桑迪亚坡向下滑。在冰天雪地里我显得僵硬而笨拙，汤姆则远远地把我甩在了后头，我对他滑雪的姿势和技术又是羡慕又是嫉妒。由于对自己缺乏信心，我笨手笨脚，连弯都转不好。梦中的我正越过山脊，滑入漆黑的，满是松树的峡谷。

但我突然听到一个女孩用甜美的声音叫着我的名字。最初我以为是苏丝，回头一望却发现是凯莉。她正赤裸着美丽绝伦的身体，没穿滑雪板，光着脚站在雪地上。接着，凯莉飞速地向我滑过来并且伸出手来抓住了我的手。我知道我们可以一起转弯了。

这时我醒了，残酷的现实把我那不切实际的美梦撞得粉碎，根本没有人在叫我的名字。一丝阳光射入了被烟灰熏黑的山洞，带来一丝温暖。四肢已经被冻得麻木了，我处于完完全全的孤苦伶仃之中。

# 20.《地球杀场》

☞ 作者:[美]罗恩·哈伯德

☞ 译者:胡建华

☞ 推荐版本:海南出版社 1997 年版

罗恩·哈伯德

罗恩·哈伯德(1911~1984),堪称 20 世纪最受欢迎、最多产、影响最广泛的畅销书作家之一。他是美图科学幻想小说黄金时代的奠基人。在长达半个多世纪的创作生涯中,共写出了 100 多部长篇及中篇小说,200 多篇短篇小说。作品总数 550 多部,共 6000 万字;美国所有报刊都宣传过哈伯德,公认他的科幻代表作《地球使命》为"历史上销售量最大的一套科幻小说"。

哈伯德既是一位探险家,又是一个海员和飞行员,还是文化人类学家、哲学家、教育家、作曲家、音乐家,更是一位成功的电影剧作家、电影制片人和摄影师。当然,其最大的成就还是在文学方面。

哈伯德于 1984 年去世前,曾设"未来作家"文学奖,现已成为全球规模最大、最权威的科幻文学奖。1984 年辞世以后,他的名字和作品仍高

居畅销书排行榜前列。多才多艺的哈伯德还为自己的科幻作品配乐。《地球使命》成为人类历史上第一部配有环绕立体声的录音小说。哈伯德为小说的配乐震撼人心，主题歌也曾风靡一时。

故事发生在3000年前。那时的地球一片荒芜，人类已经成了一个濒临灭绝的物种，他们失去了祖先的文明和发达，像野蛮人一样在几个大陆的深山中苟延残喘。今天的文明只存在与他们的传说之中，就像我们现在遥想祖先一样。他们按不同的民族分成一些小部落，整日东躲西藏，生活在对“魔鬼”的恐惧之中，开始了像原始人一样的狩猎生活。“魔鬼”就是塞库洛人。

《地球杀场》中文版封面

造成今天这个悲惨结局的原因是，2000年前，人类为了获得在宇宙

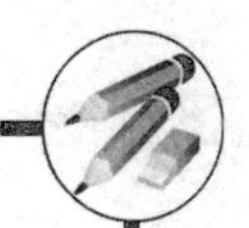

中的知音，向太空中发射了一个外层空间的探测器——探索者号飞船。飞船不幸被宇宙的统治者，也是毁灭者的塞库洛人截获，并利用飞船上的标牌找到了地球人。塞库洛人已经拥有数十万年的文明，他们利用对远距离物质传输技术的垄断在银河中建立霸权。他们发现新星球后，就会探察金属矿藏，屠杀当地人，将矿藏掠夺完毕后，就会将挖空的星球付之一炬。他们体形高大，走路时脚步沉重，伴有声响，是一个以杀戮为乐的残忍野蛮民族。

塞库洛人的婴儿出生后，统治者便马上命人对其进行脑部手术，即在婴儿头颅内放进一种特制的胶囊。这种手术既可以剥夺塞库洛人的"人性"，又能保证塞库洛高度发达的科学技术不向外族人泄露。塞库洛人头颅内的胶囊会在塞库洛人泄露本族科技的同时，命令他去杀人并自杀。塞库洛的统治者就是以控制他人的心灵，使之成为统治者的工具，去杀人，去征服，去掠夺别的星球为目的，统治着他的星球和宇宙。

塞库洛人截获飞船后，用远距离传物技术往地球传送了一架几乎不可能被击毁的无人轰炸机。这架飞机按照设定好的线路飞遍了地球上人口密集的大城市，用毒气杀死了大部分地球人类，然后再由远距离传送的地面部队将人类赶尽杀绝。于是，地球上剩余的人类进入了原始的蒙昧状态，文明变成了神话传说。

但由于塞库洛人不呼吸空气，而呼吸一种特殊的气体(他们的塞库洛星球便笼罩在这种气体之中)，所以他们在地球的日子并不惬意。他们在地球上的目的只有一个，那就是开采地球的金属矿藏。塞库洛人统治了地球几百年后，情况发生了变化。变化的原因是行政主管和星际矿业公司驻地球的保安主管之间的矛盾。保安主管特尔觉得地球既不适合塞库洛人居住，自己又没什么油水可捞，这是个偏僻荒芜的星球。他一心想从这个破败的流放星球回到家乡。

地球的行政长官在任期间，一直利用职权侵吞地球矿产。特尔发现了一条黄金矿脉，于是想将其私吞，并以此以换取财富和地位。但塞库洛人呼吸的气体与铀的射线接触时会发生强烈的爆炸，所以特尔便利用手中的特权捕捉地球人——塞库洛人眼中的低等生物——美国落基山脉中的猎手乔尼·古德博伊·泰勒来为他采矿。等特尔把偷偷地运回塞库洛星球后，地球就会像其他星球一样毁灭。

乔尼是在为村子里的人寻找居住地时被抓住的，他居住的村子里就有铀。乔尼一直相信那些远古人类文明的神话，并伺机杀死塞库洛人。

特尔为了达到自己的目的，教授了乔尼塞库洛人的知识。从而，乔尼也知道了塞库洛人的致命弱点。

特尔教会了乔尼使用塞库洛的语言、机械的使用方法，为采矿做准备。乔尼学会了这些以后，利用特尔的贪婪，进一步学习知识，并以招人采矿为由，利用特尔在苏格兰找到了一批人类幸存者。乔尼将他们带到美洲后，教授他们塞库洛人的知识，假借采掘黄金发掘古老的矿井和军事设施，把自己武装了起来，并找到了致命武器——铀！

乔尼的计划，特尔并不知情。此时，他已经通过各种手段除掉了行政主管，只等带着黄金，衣锦还乡了。

整个塞库洛人的矿业经济建立在塞库洛人掌握的远距离物质传输技术的基础上。这项技术不但可以使飞机坦克任意飞行甚至将其传输进太空，而且还可以在转瞬间将货物或人送达任意指定的地点。

任何一个像地球这样的采矿星球上的产品都必须集中发送到塞库洛人的母星后再进行处理。于是，乔尼和战友们在塞库洛人指定的发射时间，将特尔的黄金偷换成了原子弹（原子弹里面有铀），再利用远程传输装

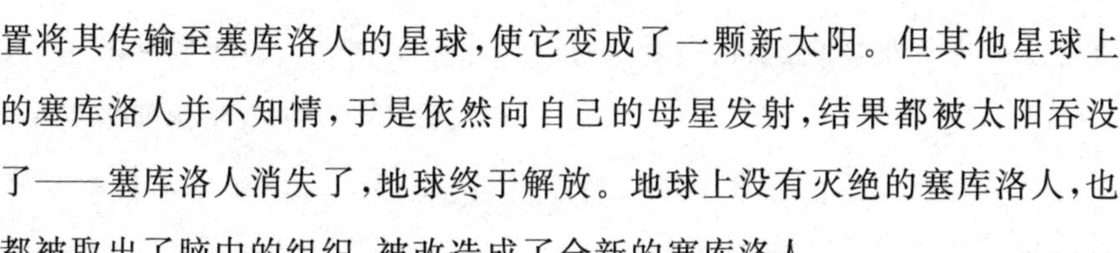


置将其传输至塞库洛人的星球,使它变成了一颗新太阳。但其他星球上的塞库洛人并不知情,于是依然向自己的母星发射,结果都被太阳吞没了——塞库洛人消失了,地球终于解放。地球上没有灭绝的塞库洛人,也都被取出了脑中的组织,被改造成了全新的塞库洛人。

地球人与塞库洛人一起生活在了地球上。地球人利用塞库洛人的技术重新发展了自己的星球,重新进入文明时代。

《地球杀场》是一部极具想象力的作品。它是一部英雄史诗般的科幻小说。书中既有感人至深的爱情故事,又有夺人眼球的星际空战,还精心描述了政治阴谋。小说充满悬念,又掺杂着主人公的冒险和难解之谜,既雄壮又哀婉动人;既像是一部间谍小说,又具有侦探小说的特色。小说中不仅涉及各种高科技,还讨论了政治、社会、经济及星际外交等方面的人类宏观问题。故事情节环环相扣,逻辑缜密,具有发人深省的社会寓意。

以下是媒体评论:

它是聚悬念、怜悯、战斗、幽默、欺骗等于一本的集大成者。

——美国《出版商周刊》

一部值得一读的充满想象力的作品,小说中包括:快速的行动、冒险、不可思议的奇迹和政治阴谋。

——查塔努加消息自由出版社

哈伯德以机敏很好地控制了节奏。在狂怒的行为和不可抵御的诱惑中,他审视了人们的愚蠢。

——《里士满时代通讯》

大的(英文版800多页)的激烈争斗场面。作为一个以前的作家,哈

伯德以书中的机密、猛烈的行动庆祝他五十年的创作。给大家带来娱乐。

——《柯尔摩斯周报》

……激动人心的故事……一部令人振作的作品，一部关于斗争与胜利的英雄传奇。

——《巴吞鲁日提倡者早报》

一部819页的太空剧……

——《华盛顿邮报》

这是一部史诗性的科学小说，讲述了人类和外星统治者的斗争。

——《圣迭亚戈联合报》

……这是一部非常精彩的描写冒险、爱情、战争的小说，读者能紧随着它的经典的主题和快速节奏。

——《德兰德太阳新闻》

……无数的冒险、星际战争和优秀的传统科技小说……

——《伯克希尔之鹰》

“……哈伯德先生的小说是一部精彩的科学小说——富于幻想，令人激动，带有寓言式的意象。”

——德比晚间电讯

“人，”特尔说，“是一个濒于灭绝的物种。”

钱姆科兄弟那毛茸茸的爪子在激光游戏机宽大的键盘上方悬空停住。查尔颇感神秘地抬头仰视，这时他那黄色的眼球便从他那悬崖般的眼眶骨底下显露出来。管家一直在悄无声息地走来走去，收拾炖锅，而这时也不禁停了下来，两只眼瞪得溜圆。

星际矿业公司雇员娱乐大厅那明净的圆屋顶周围及其上方一片黑暗，只有屋顶的一根根横杆上还泛着地球那唯一的月亮的惨淡银光。月亮是半圆的，这是一个晚夏之夜。

特尔从一直放在他那爪子里的大书本中抬起他那双硕大的琥珀色眼睛，环视房间四周。突然意识到了他的话所引起的效应，颇感有趣。随便说点什么，只要能消除这份单调和无聊便可。大老远地来到一个小星系的边缘，在这众神抛弃的采矿区，要待上十年，可真够乏味的。

……

斯道麦朗此时正趴在桌上，连续几天指挥作战，困顿已极，看到乔尼，着实吓了一跳。

"快醒醒！"乔尼急急地喊道，他想把佛教联络员丁妮弄醒。

"怎么啦？"斯道麦朗一下子站起来，"又有战斗情况？"

"比这更糟！"乔尼说，"那些小灰人……丁妮，快醒醒！"连续几天不合眼的战斗联络下来，她这一睡简直就是昏过去了。

乔尼礼貌地同客人们道别后，在夜幕笼罩的环形指挥室内踱了一个大圈。麦克埃德姆！他必须马上找到卢森堡地球银行的麦克埃德姆，也决不会安排什么政府会议，但他必须安排几个懂银行业务的人碰碰头。

丁妮总算醒了，"麦克埃德姆！"乔尼说，"快跟麦克埃德姆联系上！"

"怎么啦？"斯道麦朗问。

乔尼把影碟塞给他，那是晚宴的录像带。"快，快复制几盘。这是晚宴的带子。"

斯道麦朗丈二和尚摸不着头脑，但他还是照办了。

丁妮用巴利语向卢森堡飞快地发出联络信号。

"呼叫卢森堡？"斯道麦朗说，"他们都不在，"他突然意识到乔尼还不知道那边的大体情况。

“你看，”斯道麦朗说，“新加坡人到达俄国后不能靠近基地，那里全着火了。”

乔尼糊涂了，什么？地下基地着火？

“你去过那边，”斯道麦朗说，“我没弄清原因，但他们有一种材料，是种黑色的，易燃的东西，全都堆放在各个入口处，如今都着火了。”

煤！俄国基地囤积了许多冬日取暖的煤块。“是煤，”乔尼说。

“噢，战斗中煤引起了基地大火。新加坡分队无法靠近基地，他们的人手不够，也没有携带矿泵，再说就是带了，附近没水，也不一定用得上。他们立即呼救援助，必须先灭火，然后才能靠近基地。卢森堡是唯一一处无战事防御区，还有飞行坦克，大约两小时以前他们给坦克加了燃料，开往俄国了。俄国那边目前的状况还不得而知，卢森堡没有留下任何防御队员。”

“可地球银行有架发报机！”乔尼说。

“有是有，”斯道麦朗疑惑地说，“可这半夜三更，它跟前也不见得有人。”

“那我只好去了，”乔尼说，“还有没有飞机……”

“哎呀！”斯道麦朗说，“我有罗伯特先生的亲口命令：你不得离开！”

“可要是没有飞行员，麦克埃德姆也飞不来我们这儿。卢森堡一个飞行员也没有了吗？”

“都去俄国了。”

乔尼简直绝望了，“能从爱丁堡抽出一名飞行员去……”

“绝对不行！”斯道麦朗说，“他们到那里后发现全乱套了。岩石下面的隧道工事全部坍陷，无法进去查看是否还有活人埋在里面。他们带来

了输气设备，还从康恩沃运来了挖掘机。但他们还是离不了那些飞行员来操作机器。我想谁也不愿……”

“你这里有飞机吗?”

“当然有，有五架呢！但你不能离开!”

丁妮从麦克风上抬起头，说:“没有回音，没有人从卢森堡矿区或银行回话。才凌晨两点。”

“我去了。”乔尼说。

“不行!”斯道麦朗喊住他。

“那你去!”乔尼回敬道。

斯道麦朗眨眨眼。不管怎么说，他刚才打了两小时的盹儿。“那你只好自己处理这边的事儿了!”他说，“飞行防御时你既要守在空中，还不能离开那只麦克风。”

“我会带上丁妮，让她在空中帮我联络。”乔尼说，“可真的战斗不是在空中，而是在地上，对付那几个小灰人！你可以保证清醒地飞向卢森堡吗?”

斯道麦朗耸了耸肩，然后点点头。

“那好，”乔尼说，“带上那几盘录像带，马上飞往卢森堡找到麦克埃德姆，告诉他我说的，他必须立刻过目那些带子，一定要找到处理债务的对策！去吧。”

“债务?”斯道麦朗说。

“是的，债务。要是不想办法，这场战争就输定了！打赢也没用!”

# 21.《索拉里斯星》

☞ 作者:[波兰]斯坦尼斯拉夫·莱姆

☞ 译者:陈春文

☞ 推荐版本:商务印书馆2005年版

斯坦尼斯拉夫·莱姆(1921～2006),20世纪欧洲最多才多艺的独创性作家之一,国际公认的科幻小说天才作家。

斯坦尼斯拉夫·莱姆

大学一毕业,莱姆就开始了写作,先写诗,后写中篇小说,从1950年起开始写长篇小说。他也为电台和电视台创作了大量作品。还有很多文学批评、哲学、控制论和科普文章。

莱姆的作品风趣幽默,富于想象和哲理。代表作有《星空归来》、《索拉里斯星(或译:飞向太空)》、《不可战胜的人》、《太阳系》、《星际航行日记》和《主人的声音》等。安东尼·伯吉斯称赞莱姆是"当今活跃的作家中最智慧、最博学、最幽默的一位";库特·冯尼古特赞扬他"无论是语言的驾驭、想象力还是塑造悲剧角色的手法,都非常优秀,无人能出其右"。

未来某年，在外太空的空间站“普罗米修斯”上驻扎的一个科学家小组切断了空间站和地球的所有联系。心理学家克里斯·凯尔文博士受命去调查这些科学家的神秘行为。

《索拉里斯星》中文版封面

“普罗米修斯”围绕着一个液体星球索拉里斯旋转进行勘察，这个星球蕴藏了神秘的能量。在空间站执行任务的科学家小组组长是凯尔文博士的好朋友吉巴里安，正是他要求凯尔文前往“普罗米修斯”帮助他们。

到达空间站以后，凯尔文震惊的发现吉巴里安已经神秘地自杀了，而小组的另外两位科学家则情绪极度不稳定，经常出现妄想的症状。现在，他一个人的意见对“普罗米修斯”的前景至关重要。

这一切，似乎都与神秘的索拉里斯星球有关。凯尔文自己也陷入了神秘的境遇之中。

索拉里斯让他死去多年的妻子蕾亚重新复活了，给了他第二次爱情的机会。蕾亚的死，曾经使凯尔文陷入生活痛苦的裂缝中，如今他有了机会，可以修补他们之间的关系，弥补自己深深的内疚和悔恨。而复活的蕾亚则经历了一次真正的重生，和重生带来的痛苦……

## 影响和评价

描写外星生命的科幻小说汗牛充栋，但大都只停留在表面刻画上，一旦进入心理层面，那些外星人便失去了神秘和光彩，显露出变形地球人的本来面目。而斯坦尼斯拉夫·莱姆却不同，在他笔下的《索拉里斯星》中，索拉里斯海以一种傲慢的姿态超越了科幻小说中的外星人模式，从而为科幻小说殿堂增添了一个魅力无穷的外星生命的形象。

这篇小说的核心是人类对索拉里斯星的探索。很早以前人们就发现：围绕双日运行的索拉里斯星的轨道稳定不变，而造成这一难以解释现象的似乎正是覆盖索拉里斯的海洋。这个海洋仿佛有着难以想象的智慧和能力，可以在一定程度上影响重力场，从而使行星轨道保持稳定。这个天文发现引发了探索索拉里斯的热潮。百余年来产生了门类众多的学派，积累了浩如烟海的科学文献，但并没有人得出能被普遍接受的结论。在索拉里斯海洋变化无穷的各种结构面前，人类自以为可以赖其征服星空的科学显出空前的苍白无力。虽然人类已经能够把索拉里斯海的各种现象都描述得绘声绘色，但对这些现象背后的本质却依然一无所知。

这部小说的非凡之处在于作者对人性的剖析。飘浮在索拉里斯低空的空间站原本是人类伸向未知的触角，但却被诡异氛围所包裹，原来仅有

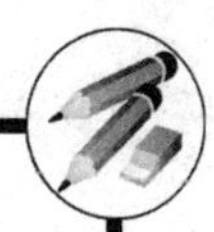

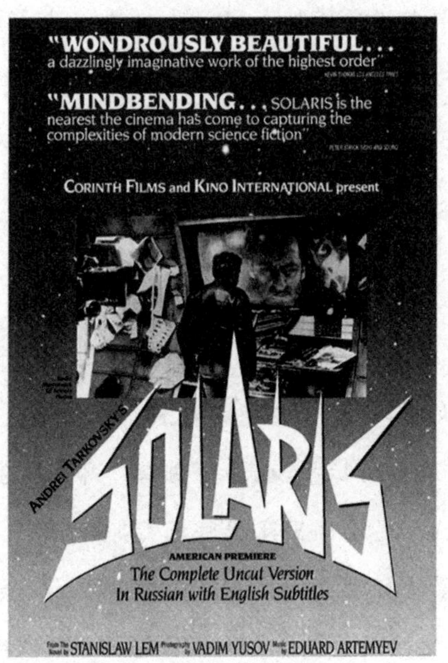


《索拉里斯星》英文版封面

的三名科学家一人自杀，剩下的两人放弃了正常工作，而新来的主人公凯文似乎也将陷入困境。海洋洞察了他们包括潜意识在内的全部思维活动，将长期掩埋在他们心灵深处的不愿触及的隐秘具象成真实的物质存在，而作为肩负探索未知重任的科学家却根本无法了解索拉里斯海的目的，无法摆脱的潜意识幻影于是把他们逼到了精神崩溃的边缘。正如其中一位科学家所说，索拉里斯海向人们揭示的，只是人们的耻辱，人们的丑陋和过错。

人类积极地出去探索外界，结果却发现总是在跟自己打交道。索拉里斯海就像是一面心理上的镜子。人们正是因为无法面对自己本性中阴暗可怕的另一面，才使自己成了这面镜子的牺牲品。索拉里斯海使人们体味到了前所未有的挫败感。这种挫败感不仅是科学上的，还有人性上的。

但是，最终凯尔文还是战胜了自己人性中一直不敢面对的阴暗。作者通过这种结局安排，意在让人们看到人类的希望，看到人类自信地面对整个宇宙的可能性。

## 原著选读

太空港依旧是我来时的样子。起降平台上，我搭乘的太空舱还静静地立在那儿，舱门大开，外壳已被烧成炭黑。我到处找一件外出用的防护服，一边找一边想：这样瞎忙乎，也许全白搭。那实验室的天窗，也许是透光不透明的玻璃做的，通过那里窥视萨托雷斯，也许什么也看不到。这样一想，我对自己的冒险行动也就失去了兴趣。

我打消了外出冒险的念头，转而向下走去，顺旋转楼梯来到底层的储藏舱。这里堆满各式各样的废箱废罐，使通道变得异常狭窄，两边的墙壁覆盖了一层薄薄的金属板，闪着蓝莹莹的光。再往前，可以看到从制冷舱延伸出来的众多管道，管道结满了霜，沿着走廊拱顶延伸到尽头。最后，我来到冷藏舱，那门足有两英寸厚，外面还加了隔热层，推开门，一股冷气冲出来，我不觉打了一个寒噤。只见整个拱形舱壁结满厚厚的冰，管道埣在冰里，隐隐凸出，蜿蜒曲折，如冰雕一般。顶壁上挂着粗大的冰笋，地板上的木箱、金属罐也覆盖着一层薄霜。冷藏架上放着其他东西，有匣子，有塑料袋。那透明的塑料袋里面装着一种油状的黄色东西。我挤到舱室的后部，这里停着一个铝制的架子，架子上，一物长卧，上面罩一张帆布。

我揭起帆布一角，往里一看，原来是吉布伦干硬的尸体。只见他黑发盖顶，油亮亮的；咽喉挺起，突出如骨；两眼空空瞪着，黯然无光，玻璃珠子一般；一滴清泪挂在眼角，早已结成小冰珠。突然，一阵寒气袭来，我小觉牙齿格格作响，壮着胆子，伸手摸了摸死者的面颊。胡须依旧扎人，但已

冰冷坚硬,如石化了的木头。还有那嘴唇,紧抿而弯曲,依旧昭示着死者那傲视一切、坚忍不拔的品质与精神。

就在放下帆布单的当儿,我瞥了一眼吉布伦的脚,一物赫然映入眼帘,我倒吸一口冷气,吓得魂飞魄散。只见帆布单下,吉布伦脚边,有五个小小的、圆圆的东西,从大到小,一字排着,如五粒黑色的珍珠。

那是五个赤裸裸的脚趾头!裹尸布下,紧紧贴着吉布伦尸体的,竟是那个黑女人!我把裹尸布慢慢揭开……她一丝不挂地侧卧着,一头鬈发的脑袋枕在粗大的臂弯里;肥厚的背上,皮肤闪着亮光,肉圆滚滚的,已显不出背脊。那巨大的躯体,已然死去,无任何生命之象。我再次察看那双大脚掌,煞是奇特:圆鼓鼓,光溜溜,细腻如肩背肌肤,无通常的扁平,无行走的茧结,更无重压下的变形!

我鼓起十二分的勇气,伸出手去,碰了碰那脚掌。天啊!那已然死去的躯体。那坚冰里的死尸,竟是活的!还会动!是的,那脚缩了一下!如睡狗的爪子被谁碰了一下!

"她会冻上的。"极度惊恐中,我急切地安慰自己。可是,那肌肤,依然温宛可触!我甚至感到了她的脉搏,还在有节律地跳动!我慢慢退出来.没命地逃走了。

冲出冷藏舱,被外面热气一熏,我几乎昏厥,赶紧摸索着爬上旋转楼梯,回到停机库。

坐在卷起的降落伞上,我双手抱头,六神无主,默默发呆。脑子里万端思绪,无从理起。我这是怎么啦?如果注定要中邪发疯,那倒不如让我早些失去知觉,越早越好。然而,正是这样一种突然毁灭的威胁,反倒唤起了一种不可名状的、不切实际的希望。

除非再次见到斯诺和萨托雷斯,告诉他们这一切.否则,无人能真正

理解我在此处的亲身经历，无人能相信我的所见所闻，也无人能体会我的手触摸到的恐怖。这一切。只可能有一种解释，一种结论：中了邪。是的，情况就是这样，我一到这里，就跟着中了邪。海洋散发的神秘气息毒害了我的大脑，幻觉之后还是幻觉。我不愿再费神去破解那一个个虚幻的谜冈，我还是求助医疗救治吧，发出无线电紧急呼救信号，向普罗米修斯号或其他邻近的飞船求救吧。

一想到自己中了邪，我反倒平静下来。这真是一个奇怪的变化。

# 22.《侏罗纪公园》

☞ 作者:[美] 迈克尔·克莱顿

☞ 译者:钟仁

☞ 推荐版本:译林出版社 2009 年版

迈克尔·克莱顿(1942～2008),美国著名畅销书作家、导演、制片人。

迈克尔·克莱顿

克莱顿早年在非文学领域的研究,为他积累了人类学、医学、生物学和神经学等领域知识,为日后的文学创作奠定坚实的基础。

克莱顿至今共创作了 14 部小说,全球总销量已经超过 1 亿册,并被翻译成 30 多种文字广泛发行,其中有 13 部拍摄成电影。他曾获得过艾米奖、美国广播电视文化成就奖、美国作家协会奖等多项荣誉,1992 年的《人物》杂志更将他评为全球 50 位最高雅人士之一。2002 年一种新发现的恐龙以他的名字命名——“步氏克氏龙”。

克莱顿是一位讲故事高手,每部作品都占据欧美畅销书榜,并不断被搬上银幕;其人生历程,也颇似一部惊悚小说:差点搭上“9·11”事件中被劫持的飞机;在圣莫尼卡的家里与持枪劫匪面对面;他的四次婚姻皆以离婚收场。

20 世纪 90 年代是克莱顿事业最为辉煌的时期，这期间他和好莱坞导演史蒂芬・史匹尔伯格合作，推出了自己的代表作《侏罗纪公园》。

2008 年 11 月 4 日，克莱顿因癌症溘然长逝于洛杉矶，以一部未竟之作，为世人设下永恒的悬念。

## 第一部

富翁约翰・哈蒙德得到了一块藏有蚊子的琥珀，琥珀中的蚊子曾经吸过恐龙的血。为牟取暴利，哈蒙德花巨资招募科技人员，利用生物工程技术，提炼出其中的 DNA，在哥斯达黎加的小岛上竟培育出了各种恐龙！建立了一座恐龙乐园，即“侏罗纪公园”。

公园开张前夕，岛上相继有人莫名其妙的失踪和死亡，公园的审批也成了问题。同时，加利福尼亚古柏蒂诺生物合成公司的人也垂涎着侏罗纪公园所能带来的巨额利润，买通了其中的一个科学家。公园内外危机四伏，但哈蒙德并不知情。为了获得审批，哈蒙德不得不请人对公园进行评估。于是他以资助葛兰博士三年的研究为条件，请了葛兰博士一行人来到岛上进行考察。

到了岛上的当天，哈蒙德便把几人送入游览车，观察他的成果——恐龙。几人惊讶于哈蒙德所建公园的宏伟壮观，当然，最惊讶的是，他们真的看到了恐龙。但奇怪的是，有些恐龙并不在标签所注的位置，有的食草恐龙甚至还受了伤。

《侏罗纪公园》中文版封面

晚上，哈蒙德的一个科学家丹尼斯偷偷关闭了岛上的电力系统，偷走了恐龙的 15 种冷冻胚胎，准备把它们卖给加利福尼亚古柏蒂诺生物合成公司。但在出岛的途中迷了路，被恐龙吃掉了。

与此同时，由于关闭了电力系统，岛上陷入了一片混乱。恐龙跑了出来，袭击葛兰等人。几人陷入苦战和逃命的危机之中。在混战中，几人发现，虽然哈蒙德孵化的都是雌恐龙，但由于环境突变，有些雌恐龙竟变成了雄恐龙，从而具有了繁殖能力。岛上的情况再也不在哈蒙德的控制之中。

几经周折，哈蒙德也死于恐龙之手。最终，葛兰等人想办法外界取得了联系，最终逃离了小岛。

## 第二部

在哥斯达黎加的侏罗纪公园发生恐龙伤人的事件后，国际遗传技术公司被迫将其关闭，并摧毁了岛上所有设施。渐渐的，随着时间的流逝，人们渐渐淡忘了这件事。

几年后，在那场恐龙大逃亡中大难不死的数学家马尔科姆博士在圣菲学院讲学时，遇到了一直关注恐龙研究的古生物学家，莱文博士。莱文博士说动了马尔科姆，答应与其进行合作，进一步揭开恐龙之谜。

莱文听说在哥期达黎加的索那岛上发现了奇怪的动物尸体，于是匆匆上岛考察。不料却遇到了生物合成公司道奇森的雇佣人员的百般刁难和阻挠，他觉得其中有鬼。于是，偷偷地再次潜入该岛，结果他的向导丧生于恐龙口中，他大难不死，却音信全无。

为了营救莱文，马尔科姆博士、索恩博士等立即前往索那岛。崇拜莱文的两个中学生阿比和凯利躲进了索恩为莱文建造的野外作业车随马尔科姆等人也来到了岛上。马尔科姆等人发现，原来岛上有个培养恐龙的秘密生产基地，在基地中孵化出生的恐龙与野生的恐龙在一起放养。阿比还意外地发现了岛上有一个仍然在工作的闭路电视监视系统。

为了偷取恐龙研究的成果，道奇森等人一直在暗中监视莱文的行踪。他们根据窃取的情报，也跟随马尔科姆等人登上了索那岛。哈丁博士为了帮助莱文，专程从非洲赶到了哥斯达黎加，遇到了道奇森等人。哈丁不知其底细，与其同船前往，却遭到道奇森暗算，差点葬身海底。

道奇森等人偷取恐龙蛋，又踩伤了霸王龙的幼龙。哈丁等人将幼龙带回治伤，反遭成年霸王龙袭击，险些连人带车坠入万丈深渊，幸好遇到索恩，救了他们。莱文等人躲在高架隐蔽观察台上，遭到了恐龙袭击，躲进笼子里的阿比被恐龙抢走。哈丁和凯利与恐龙奋战，终于救出阿比。

按计划前来接人的直升机由于没有发现莱文等人，竟然飞走了。面对着恐龙的疯狂袭击，性命不保的危急时刻，凯利发现了维修电缆的通

道。众人终于化险为夷，死里逃生。而道奇森等人却葬身恐龙口中。

## 影响和评价

《侏罗纪公园》也是一部反映人类对科技担忧，讨论科学技术与伦理道德的关系的作品。作者迈克尔·克莱顿是当今美国最受欢迎的作家之一，他的作品在世界范围内深受读者的欢迎。由于后来被好莱坞搬上银幕，对科技文化的发展产生了更为广泛的影响。小说反映的一个首要主题是：虽然人类致力于取得科学成就，但科学的成功有时却是不负责任的。因为成果很可能是危险而无法预测的。当人们只看到这些成果所带来的利益时，往往不会质疑它；而一旦它带来了危害，却是人类难以控制的。所以，科学在克莱顿的作品中，常常像是个可怕的恶魔，即使是看起来毫无危害的科学成就，也会产生最让人难以接受的后果。

迈克尔·克莱顿曾和《侏罗纪公园》一起登上《时代》杂志封面

克莱顿的小说被称为高科技惊险小说，因为他的作品除了具有丰富的想象、严密的逻辑、精确的描述、精彩诡异的情节、生动的人物外，还通常会以一个有争议的理论和科学技术作为背景，并在这种理论的基础上刻画人物和构建故事。作者常用自己的作品表达自己对事物的见解。

克莱顿的作品表现了美国文化兼收并蓄的包容性。像其他科幻小说一样，除了故事情节、大胆的想象、宏大的场面、简洁的语言外，还穿插着科学技术，如《侏罗纪公园》中体现的物理学、医学、遗传学、天文学科学知识。

克莱顿作品走的流行与通俗的路线，但却有不落俗套，将通俗小说的惊险与高雅文学的思想意蕴结合起来。在高科技的领域中，思考有关人类、科学、未来等重大问题。在讨论现实题材时，作者总会透过人物、事件的表象，质疑美国社会的制度与准则，表现了严肃的现实批判精神。

## 第一部

一只女人的手抚摸着他的脸。这是爱莉，“你能听见吗?”她轻轻问道。

“为什么每个人都是轻声细语的?”金拿罗问道。

“因为……”她指了一下。

金拿罗回过头来，翻了个身，慢慢地站了起来。当他的双眼逐渐适应黑暗时，他专注地看着前方。

但是，他在黑暗中看到的第一件东西——在黑暗中闪现出微光的东西——却是眼睛。发出绿光的眼睛。

几十只眼睛包围着他。

他在一块突出的水泥平台上，那平台有点像堤防，离地面七英尺高。数个巨大的钢制接线箱构成一个临时的藏身之处，使他们未被两只成年的迅猛龙发现，那两只恐龙就在他们的面前，离他们不到五英尺远。它们长着一身深绿色的皮肤，上面夹杂着略带棕色的虎纹。它们笔直地站立在那里，尾巴一动不动地向外伸出，使身体保持平衡。他们一声不吭，乌黑的大眼睛警觉地注视着四周。在成年恐龙的脚跟前，幼龙正轻捷地跑来跑去，吱吱地叫着。更远处，在黑暗中，成年恐龙在地上打着滚玩耍，发出阵阵短促的吼叫。

金拿罗连气也不敢喘一下。

两只食肉恐龙！

他蜷缩在平台上，与恐龙的头部只离一、两英尺。那两只恐龙的脾气十分暴躁，头部猛烈地上下晃动，显得紧张不安。它们还不时喷着鼻息。接着他们走开了，回到一大群恐龙之中。

当金拿罗的双眼适应了黑暗时，他现在可以看到自己正在一个大型的地下设施之中，但这是人工建造的——这里有水泥浇注时留下的缝隙，还有钢筋从水泥中凸出的尾端。

在这个巨大、发出回响的空间里有许多动物。金拿罗猜想，至少有三十只恐龙，或许还不止呢。

“这是一个族群。”葛兰轻轻地说道，“四只或六只成年恐龙，其余的是未成年恐龙和幼龙。至少孵化出两窝。去年孵出一窝，今年又一窝。这些幼龙看起来大约四个月左右。可能是四月份孵出来的。”

有一只幼龙充满好奇心，蹦蹦跳跳地向平台跑来，一边唧唧地叫着。现在离他们只有十英尺远了。

“哦，我的天啊！”金拿罗说道。但是有一只成年恐龙立即跑向前来，抬起头温和地把幼龙往回赶。幼龙吱吱地直叫，表示不乐意，然后又跳起来，站到成年恐龙的鼻子上。成年恐龙慢吞吞地走着，任幼龙爬上它的头部，顺着它的脖子爬来到它的背上。那幼龙感到颇有安全感，便一下子转身来；这时它看到了三名不速之客，便大声叫起来。

成年恐龙还是压根儿没有注意到他们。

“我不明白，”金拿罗说道，“它们为什么不发出攻击？”

葛兰摇摇头，“它们一定没有看到我们。而且现在巢中没有蛋……这使它们更加轻松自在。”

“轻松自在？”金拿罗反问道，“我们得在这里待多久？”

“要待到能把它们全部数清楚为止。”葛兰回答道。

葛兰看到这里只有三个巢，由三对成年恐龙在看顾。它们的活动范围大致上以它们的巢为中心，不过幼龙和未成年恐龙的活动范围似乎有交叠，会闯到另一伙的活动范围内。成年恐龙对幼龙慈祥宽厚，但对未成年恐龙就比较严厉；当未成年恐龙过分调皮时，成年恐龙有时会咬它们。

## 第二部

研究所的科学家们探究了许多复杂系统的行为——市场上的公司、人类大脑中的神经细胞、单个细胞中的酶栅、迁徙鸟群的行为方式——这些系统异常复杂，在电脑产生之前，要想对它们进行研究是不可能的。这项研究是前所未有的，其研究结果令人惊讶不已。

科学家们很快就注意到，复杂系统表现出某些共同的行为。他们逐步认为。这些行为是所有复杂系统的特点，他们意识到，这些行为无法用

分析系统各组成部分的方式来解释。长期以来一直采用的简化还原法——把手表拆开，看它是如何运行的——在复杂系统研究方面则显得无能为力，因为一些有趣的行为似乎是从各组成部分间自发的交互作用中产生的。这种行为不是事先安排的，也不受外因引导，它是自发产生的。所以这种行为被称之为“自我组织的”。

“在研究进化问题时，”伊恩·马尔科姆说道，“我们对两种自我组织行为特别感兴趣。一种是适应问题。这是随处可见的。公司适应市场，脑细胞适应信号传递，免疫系统适应感染，动物适应给它们的食物。我们逐步认识到适应能力是复杂系统的特点——这也许能够解释为什么进化会导致更为复杂的有机体的产生。”

他在讲台上变换了一下姿势，把身体的重心移到手杖上。“然而，更为重要的问题，”他说道，“是复杂系统在需要秩序和必须变化这两者之间保持平衡的方式。复杂系统往往使其自身处于我们称之为‘混沌边缘”的地方。我们可以认为，在混沌边缘有足以使生命系统产生震荡的新生事物，同时又有足以使它不至于陷入无序状态的稳定因素。这是一个冲突区，它充满动荡，充满新东西和旧东西的不断对抗。毫无疑问，如何找到一个平衡点是个非常棘手的问题——如果一个生命系统离这个平衡点太近，它就有陷入无序和自取灭亡的危险；但如果它离开这个边缘太远，它就变得僵化、呆板、独断专行。这两种情况都会导致它的灭亡。变化太大和太小都是毁灭性的。复杂系统只有置身于混沌边缘才能兴旺。”

他顿了顿：“所以，从其内涵上来看，物种绝迹是变化太大或变化太小这两种行为方式的必然结果。”

听众中许多人频频点头。在场的大多数研究人员对这种看法都持认同态度。混沌边缘概念的确已几乎成了圣菲研究院的信条。

# 23.《卫斯理》科幻小说系列

☞ 作者:倪匡

☞ 推荐版本:上海书店出版社 2008 年版

倪匡(1935～　),香港著名的小说作家。原名倪亦明,后改名倪聪,笔名卫斯理。其写作面广阔,众体皆备,小说及杂文、散文评论、剧本等。仅小说就涉及侦探、科幻、神怪、武侠、言情。写作速度十分惊人,每小时可写 8000 字,曾同时为 12 家报纸写连载文字。

倪匡

倪匡说自己本喜欢写武侠小说,但有金庸这位老友金玉在前,只好舍难取易,专心从事科幻小说。

在所有作品中,他最喜欢的人物是卫斯理,最喜欢的作品是卫斯理系列之《寻梦》,其次是卫斯理系列之《黄金故事》。最喜欢的武侠作品是《火并》。

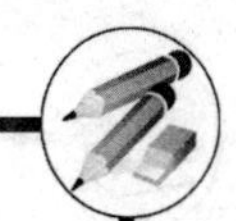

在《卫斯理科幻小说系列》中，主角卫斯理为人暴躁，好管闲事，极度主观，敢尝试一切不可知的事物，充满正义感，不平则鸣，结交了很多朋友，也得罪了不少人。卫斯理少年时期的经历，记载在《少年卫斯理》一书中。初恋情人是祝香香和黎明玫。他先后拜王天兵和"扬州疯丐"金二为师学习武术。

卫斯理科幻小说系列珍藏版封面

他约出生于1930年代，在江南长大，极有可能是杭州人士，《卫斯理系列》中并没有直接叙述过卫斯理由中国内地移居香港的经过，在系列的第一本小说《钻石花》出场时，他已经定居香港。卫斯理随身戴着一枚紫晶戒指，这是他的个人标志；围住腰际的并不是皮带，而是一条白金丝软鞭。

卫斯理出生在一个富有的大家族里，爷爷是一家之主，人称卫老太爷。卫斯理的父母，人们所知不多。他的乳名叫「斑鸠蛋」，是因为他童年时在田野中找斑鸠蛋，却被一条大蜈蚣在脸上爬过，肿著脸回到家中，涂上了黑色的药膏，从那个时候起，一直到他脱离了童年，人家只叫他「斑鸠蛋」而不叫名。

由于《卫斯理科幻小说系列》中包含多个短篇，这里由于篇幅有限，仅以其中的《地图》为例进行介绍。

《地图》所讲述的是这样一个故事。大探险家罗洛在弥留之际召唤了自己仅有的4个朋友来到榻前宣布遗嘱。这4个人是：卫斯理，乐生博士（大探险家，学识渊博），唐月海（人类学家）和阮耀（收藏家）。罗洛的遗嘱很奇怪，他要他的朋友们将他所有的东西都烧掉，一件不留。包括他那些珍贵的手稿。4人虽然觉得奇怪，但还是答应了。

罗洛死后，4人来到他家，烧毁了所有的东西。在烧掉文件橱的时候，恰好一阵风吹来，吹开了橱门。阮耀捡到了一张地图，对其中金色的标注好奇不已，而其他人也都无法解释其中的含义。卫斯理由于好奇心的驱使，拿走了地图，并将之与其他的地图比对，但都没有找出问题的答案。乐生博士帮卫斯理找到地理博物馆，卫斯理工作了一个月，却还是毫无结果。

于是，卫斯理很郁闷的来到阮耀家，宣布自己的失败，并将地图投入火中。却在地图烧毁的一刹那，发现罗洛用隐形墨水书写的比例尺与他标明的差了100倍。这引起了其他3人的极大兴趣，3人决定继续探索下去。但，依然是毫无结果。

4人在卫斯理家相聚，本来3人已经垂头丧气，准备放弃，却因为卫

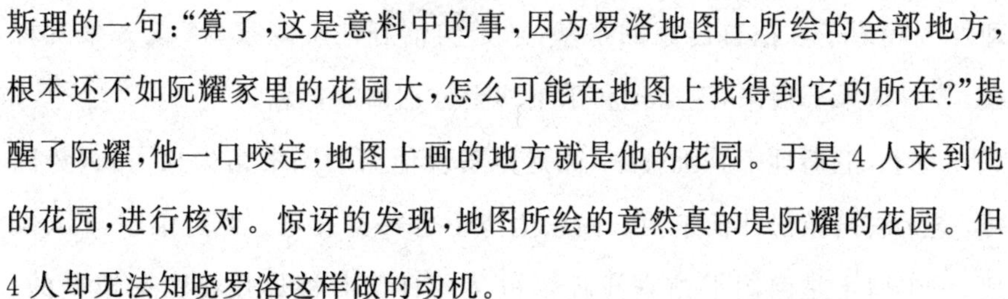

斯理的一句:“算了,这是意料中的事,因为罗洛地图上所绘的全部地方,根本还不如阮耀家里的花园大,怎么可能在地图上找得到它的所在?”提醒了阮耀,他一口咬定,地图上画的地方就是他的花园。于是4人来到他的花园,进行核对。惊讶的发现,地图所绘的竟然真的是阮耀的花园。但4人却无法知晓罗洛这样做的动机。

于是4人亲自来到罗洛所绘的一处金色标注的地方查看。那个地点上有个石板。唐月海去掀石板,阮耀想去帮忙,却引发了唐月海极为反常的反应。3人不由得暗暗吃惊。石板掀开后,一切如常。4人散去。

就在当晚,新闻报道,唐月海骤然离世。卫斯理惊讶不已,赶往医院。唐月海的儿子唐明向3人讲述了经过,但唐明却不明白父亲为何会突然离世。临死之前,唐月海留下口信,让其他3人绝不要去碰地图中所标的金色危险符号,因为确实是会招来杀身之祸。

由于唐月海是在碰了阮耀家的金色标记所标注的地标离世的,又留下了那样的遗言,阮耀决定弄清楚唐月海的死因和地图的真相。于是带着2个好友,回到了家中。3人分别站在了白天唐月海掀开的那块石板上,心里都浮现出了一种异样的感觉。3人找来一条狗,在石板下掘洞,狗竟然死了。

为了查清事实,3人决定去阮耀家的家庭图书馆看个究竟,但这个图书馆,除了阮家的传人,外人是不准进入的。进入之后,3人惊奇的发现,罗洛竟偷偷来过这个图书馆。罗洛不仅来到了图书馆,而且还拿走了一部分资料。虽然由于缺少了资料,3人无法推断出事实的真相,但却找到了蛛丝马迹。奇怪之处在于,阮耀家所在的吴家塘,有一个池塘在一夜之间变成了平地。

尽管心中充满疑问,卫斯理和乐生博士还是各自回家休息了。卫斯

理发现阮耀正在挖自己家的亭基，于是匆忙赶往阮耀家。3人齐聚阮耀家，等着结果。后来，卫斯理和乐生博士分别回家休息。

晚上，卫斯理来到阮耀家，惊讶地发现他家的图书馆失火了，火势凶猛，竟无法抢救出任何东西。而乐生博士也葬身火海。经过推断，2人发现，乐生博士是回图书馆查找阮耀祖父的日记时被烧死在图书馆里的。而起火的原因不明。

由于火灾中有人丧生，因此警方也介入了此事。亭基终于被挖开，花园中出现了一个大洞，众人皆不敢下去一探究竟，阮耀却在卫斯理不在之时，独自下去探险，音信全无。于是卫斯理决定下洞去救阮耀。两人皆有一番奇异的经历，幸运的是，两人都毫发无损地回到了地面上。两人比对各自的经历，竟发现，在阮耀家亭基下住着的，是外星人。而阮耀家的发迹，就是和这些外星人有关。两人终于找到了问题的答案。

卫斯理是科幻小说《卫斯理系列》中的主角，整个系列都是第一人称叙述完成的。据倪匡自己说，他是在乘车经过香港湾仔区大坑大坑道时，看见了卫斯理村的门牌，因此产生了灵感，创作了主角。《卫斯理系列》想象大胆、构思能力超强、浓郁的传奇味道、神秘的主角、情节扣人心弦、跌宕起伏，又有科学技术穿插其中，由于是短篇，读起来更让人觉得意犹未尽，余音绕梁。

# 《盗墓》第一部

## 莫名其妙的录音带

一个仲夏的中午，我由于进食过饱，有点昏然欲睡，躺在沙发上，在聆听着一卷十分奇特的录音带，录音带是一位职业十分奇特的人寄来的。

这个人所从事的职业，据他自称，全世界能干他这一行的，不过三十人。当然，滥竽充数的人不算，真正有专业水准的，只有三个人。

请各位记着这三个人的名字，在以下事态的发展之中，这三个人会分别出场，而且占有一定地位。

这三个人，两个职业，一个业余。

两个职业好手，一个是埃及人，姓名相当长，很古怪，也不好记，所以从略，只介绍他的绰号："病毒"。滤过性病毒是一种极其微小的生物，要在高倍数的显微镜下才能看到它，小得可以通过滤纸，比一般的细菌和微生物更小。这个绰号之由来，和他的职业有关，指他能透过任何细小的隙缝。

"病毒"今年九十高龄，已经退休，据说，他正在训练一批新人，但尚未有成绩云云。"病毒"的晚年生活相当优裕，居住在开罗近郊的一幢大别墅中，不轻易露面，侍候他的各色人等有八十二人之多。

第二个，就是交录音带给我的那个人，他的名字是齐白。当然，那是译音，原文是 CIBE。这名字是他自己取的，以四大古国的第一个字母拼成。据齐白自称，他有着这四大古国的血统，所以，他最适合干他那种行

业，简直是天生这一行的奇才。

齐白究竟多少岁，我和他认识的时间不算短，可是无法猜测，大约是二十五岁到四十五岁之间，这个人的身世如谜，行踪如谜，我只知道他的职业，对他的了解不算很多。

第三个是一个道地的中国人，名字叫单思。单思是单相的弟弟，我在认识单相时，就曾取笑他的名字，他一本正经地告诉我："舍弟叫单思。"单家十分有钱，单相、单思两兄弟，可以完全不必工作而过着极舒适的生活。他们两人全十分出色，单思学的是考古，所以后来发展成为那个行业中的业余高手。单思的外形十分有趣，说他"有趣"，是因为他的打扮，永远在时代的最尖端，绝不像一个考古学家，他常在自己的额角上贴上一枚金光闪闪的星星，和将头发染成浅蓝色，看到他的人，一定会认为他是一个流行歌曲的歌手。

这三个人都约略介绍过了，说了半天，他们所从事的工作是什么呢？

照他们自己的说法，那是"发掘人类伟大的遗产"、"揭开古代人生活的奥秘"、"将不为人知的历史和古代生活方式显露在现代人面前"和"使得这世界上充满更多的稀世珍宝"的"伟大工作"。

可是实际上，说穿了，他们的工作，实在很简单，他们是古墓的盗窃者：盗墓人。

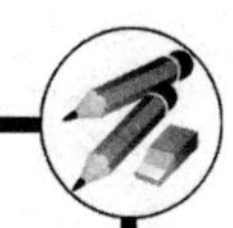



# 24.《安德的游戏》

☞ 作者:[美]奥森·斯科特·卡德

☞ 译者:李丽琼,邵芳编译

☞ 推荐版本:人民日报出版社 2006 年版

奥森·斯科特·卡德(1951～　),美国科幻小说家。当今美国最炙手可热的人物之一。

由于出身于摩门教家庭,因此卡德的创作深受摩门教的影响。在他的作品中,个人的命运与团体息息相关,主角往往拥有如上帝一般的感召力和洞察力。从而成为救世主一般的英雄,掌控着世界的未来。

奥森·斯科特·卡德

卡德的作品深受读者欢迎。从 1977 年发表第一篇小说开始,在 20 多年的写作生涯中,他获得了 24 次雨果奖和星云奖的提名,5 次获奖。另外,他还获得过坎贝尔奖和世界幻想文学奖。

短篇版的《安德的游戏》(1977)就已经使他获得了雨果奖的提名,并赢得了坎贝尔奖的最佳新作者奖。长篇版的《安德的游戏》(1985)和续集《死者代言人》(1986)则让他包揽了雨果奖和星云奖。他连续两年获得了雨果奖和星云奖,创造了科幻小说史无前例的奇迹。

"安德"系列,除了《安德的游戏》外,还有《屠异》(1991)、《精神之子》(1996)、《安德的影子》(1999)、《霸主的影子》(2001)和《影子傀儡》(2002)。卡德最受欢迎系列小说是"回家"五部曲,包括《地球的回忆》(1992)、《地球的呼唤》(1993)、《地球飞船》(1994)、《失控的地球》(1995)和《地球的新生》(1995)。他的独立长篇也很受欢迎,如《历史记录:哥伦布的救赎》(1996)。

故事发生在人类已经能够步入太空的时代。人类在数十年之间遭受了两次来自一种外星智慧生物——虫族的攻击,几乎灭族。在虫族的第二次入侵中,人类的主力舰队遭到了毁灭性的攻击,几乎全军覆没。多亏了一位叫马泽·雷汉的指挥官,用一支仅剩的小舰队奇迹般的消灭了数量上和装备上都远胜于人类的虫族舰队,挽救了人类,也成为人类心目中的英雄。

80年过去了,人类将面临虫族的第三次入侵,然而却找不到一个合适的指挥官,能帮人类度过这次浩劫。于是,国际舰队的高级官员们开始选拔地球上的天才儿童,把他们送进太空战斗学校,希望能培养出一个理想的指挥官。但数十年的努力,却没有任何结果。

国际舰队的高官发现彼得·维京具备成为一个天才指挥官的才能,但彼得的性格过于残暴无情,于是他们让彼得的父母又生了第二个孩子,即瓦伦蒂·维京,她虽然也是天才儿童,但性格却太过温柔,也不适合做指挥官。于是,政府破例让他们的父母又生了第三个孩子,安德·维京。安德·维京是二人的综合体,既拥有着天才的头脑,又心存仁慈。

《安德的游戏》中文版封面

安德从小就被装上了监视器，这让他显得与众不同但也可以使他免受别的孩子的欺辱。在监视器被拿下的那天，史蒂夫带领着一群孩子围攻安德，安德进行了反击，并重创了史蒂夫。彼得出于嫉妒，要杀死安德。瓦伦蒂像往常一样，巧妙地保护了安德。

战斗学校的校长格拉夫带走了安德，将他带入了太空战斗学校接受训练。在进学校的第一天，由于安德的表现与众不同而受到了孤立，并误伤了伯纳德，从此与他结怨。

在新生训练营期间，安德认识了阿莱，并与他成为好朋友。由于安德通过了"巨人游戏"，展现出了自己才能，校方提早结束了他的新生训练，让他参加了火蜥蜴战队。火蜥蜴的队长马力德看不起安德，不让他参加比赛和训练，但安德赢得了女神枪手佩查·阿卡丽的友情。佩查教给了安德射击的技巧。同时，安德在休息时间组织自己在新生训练营的伙伴，进行了自己的演练。在一次战斗中，安德违背了马力德不得开火的命令，从而使火蜥蜴反败为胜，使得马力德对安德大打出手，并把他交换给了野鼠战队。

在野鼠战队，安德认识了丁·米克，从他身上学到了很多东西，并与之成为朋友。同时，也教会了野鼠队员们一种新的战斗方法。同时，安德开始了搏击课的课程，希望使自己免受欺负。安德的新生训练受到了高年级生的阻挠，并引发了冲突。安德率领自己的队员，取得了战斗的胜利。

瓦伦蒂心中一直惦记着弟弟。父母为了改变彼得残暴的个性，搬到了一处离森林较近的居所。彼得表面上变得乖巧听话，暗地里却虐待残杀小动物。彼得告诉瓦伦蒂自己想拯救和控制世界的想法，被彼得劝服的瓦伦蒂尽管知道彼得的目的并不单纯，但还是决定帮助他。兄妹二人用两个假身份进入了网络，并引发了关于华沙条约国家是否会破坏联盟的大讨论。

安德转到了佩查的凤凰战队，进步神速，很快便全校闻名。学校网络中运行的心理游戏对安德进行了心理训练，认为其具备了升级的条件。

校方将安德提升为新组建的飞龙战队的指挥官，但只给了他一些虽然具备潜力，但年龄偏小或偏大的队员。但是，在安德的带领和训练下，队员们都发挥了自己的潜能，成为优秀的战士和领导者，并在一次又一次的战斗中取得了胜利。即使是在不公平的战斗中，也依然能发挥出色，取得成功。

马力德嫉妒安德的才能，领着 6 个高年级生将安德围堵在浴室中。安德用言语激得马力德与他单打独斗，并在战斗中又一次获得了胜利。战斗之后，过于血腥的场面和内心中的野性使安德精神崩溃。校方安排

瓦伦蒂与安德见面，让安德继续在战斗学校中学习。瓦伦蒂让安德明白，自己的学习并不是为了自己，而是为了拯救人类。安德尽管不是十分信服，但由于心中深爱瓦伦蒂，还是决定继续学习下去。

安德被提前 6 年提升到高级指挥学校，开始在电脑上模拟与虫族的战争。在这里，安德遇到了马泽·雷汉，并成为他的学生。学校里的好友也被派到高级指挥学校，协助安德完成电脑模拟游戏。马泽·雷汉告诉安德，虫族主要是由母虫控制，一旦杀死了唯一的母虫，战斗就将胜利。在一次又一次的模拟指挥训练中，安德和他的战友们几乎战无不胜。但由于严酷的训练和过大的压力，安德的战友们濒临崩溃，安德也处在了崩溃的边缘。

在最后的游戏中，安德使用了武器“小医生”，摧毁了对方的星球，大获全胜。直到此时安德才知道他所做的并不是电脑中的测试，而是通过超光速的安塞波通讯来指挥真实的战斗，他和其他孩子的胜利其实是人类舰队对虫族舰队的胜利。最后的战斗实际上是人类与虫族之间的决战。安德在完全不知情的情况下把虫族的母星和所有的母虫都毁灭了，灭绝了整个的虫族。年仅 11 岁的安德成为亘古未有的杀人狂，因此陷入了又一次心理崩溃。

与虫族的战争刚取得胜利，地球上却爆发了内战。虽然战争只持续了 5 天，但是人类回归列强争霸的形势却成为定局。作为非凡的战斗天才和全人类的英雄，安德成为政治集团争夺的牺牲品。由于安德天才的指挥才能，各国政客都认为他是个危险人物，因此禁止他返回地球。安德和瓦伦蒂等人被送上了人类的第一个殖民舰队，开发虫族灭亡后所遗留的星球。安德成为人类第一个外星殖民地的政府长官。

在前往殖民地的途中，安德发现有一些虫族使用通心术和他交流，这也是他在高级指挥学校的噩梦的来源。通过交流,安德了解到虫族对人类的战争起源于双方的误解和沟通困难,所有的战斗不过是一场误会。尽管如此,虫族还是原谅了人类的灭族行为。安德带上了在茧中沉睡的女王,也是虫族唯一幸存下来的女王,和瓦伦蒂开始了寻找适合虫族复兴的星球的旅程。

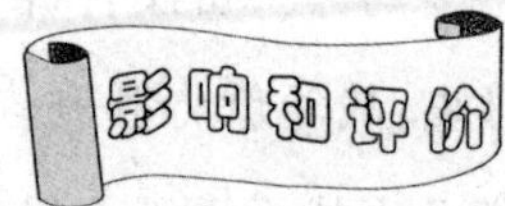


《安德的游戏》是一个残酷的充满惊奇的故事。书名本身,就是一种强烈的讽刺。因为看完此书的读者都知道,其实这并不是游戏,而是一场真正的战争。

《安德的游戏》的科幻背景利用了计算机建立的模拟战斗室的设想。这一想法在 1977 年,还带有强烈的科幻色彩,但到了 1985 年,长篇出版时,计算机的快速发展已经使它的科幻色彩大大褪色。没有了科幻色彩,对一部科幻小说来说,几乎是致命的缺点。因此卡德巧妙地将小说的重心放在了安德的成长历程上。卡德凭着自己对少年英雄梦的了解,对读者心理的把握和高超的写作技巧,彻底改变了构思上的劣势。像很多的成长小说一样,安德成长的每一步都牵动着读者的心。长篇版的《安德的游戏》获得了比短篇更辉煌的成功。

卡德热衷于描写少年天才,也擅长在作品中加上宗教思想,更擅长通过一个背景,引发出一系列故事,从而使小说更真实,更富有立体感,也更具有连续性。他的这种写作手法为科幻小说的写作注入了新鲜的血液。虽然卡德不能改变科幻小说的整体风格,但他却展现了当今科幻小说的灵活多变,推陈出新的新特点。



《安德的游戏》中所体现的理念,明快而又开放的文字,成功地拓展了

读者的思维，开阔了读者的视野。

下面是美国新闻界对《安德的游戏》的评价：

感人至深的小说。情节出人意料，又事出必然。主人公安德·维京真切可信，活脱脱是个少年拿破仑，可亲可敬，有时又令人生畏。

——美国《书评周刊》

扣人心弦的太空传奇，对穷兵黩武思想的尖锐抨击。

——美国《图书周刊》

这场游戏火爆炽烈，高度紧张。人物性格鲜明，栩栩如生。书中的外星种族也给读者留下了深刻印象。

——美国《轨迹》

在这部小说中，卡德充分满足了读者的预期——而且大大超过了这种预期。

——美国著名科幻作家本·博瓦

卡德深切理解人类的生存环境，表达了自己的真知灼见，其表达方式也达到了完美的层次。

——美国著名科幻作家吉恩·沃尔夫

"我知道。"安德说，"他们是为我而建造的。"

"什么？"

"我知道这个地方，艾博拉。那些虫族为我建造了它。"

"在我们到达这里的十五年前，那些虫族全都死去了。"

"你是对的，这是不可能的，但我有自己的想法。艾博拉，我不该让你跟着我。这或许很危险。如果他们对我的了解已经到了这种程度，他们

或许会——"

"他们或许会给你设下了陷阱。"

"因为我杀死了他们。"

"那么不要下去,安德。不要上他们的当。"

"如果他们想要报复,艾博拉,我不介意。但他们或许不是这么想的。或许这是他们想交流的方式,这是他们留给我的便条。"

"他们根本不知道什么是书写和阅读。"

"或许当他们死后,他们学会了。"

"好吧,我觉得我们不应该呆在这儿,如果你想到某个地方,我和你一起去。"

"不,你年纪太小,不该冒这个险——"

"不要小看人!你是安德·维京,不要告诉我一个11岁的孩子只能做些什么!"

他们一起登上探测船,飞到了操场上空,俯视着那些树木和森林空地上的那口井。在小山的悬崖上,一个壁架正像在"世界尽头"里的情景一样,装在了它应在的地方。而在远处,耸立着一座城堡,城堡上还有着塔楼。

他把艾博拉留在了探测船上,"不要跟着我,如果我在一小时后还没有回来,你就自己回去。"

"不,安德,我跟你一起去。"

"听话,艾博拉,否则我用泥土塞满你的嘴。"

虽然安德是在开玩笑,但艾博拉知道他是认真的,他只好留在飞船上。

塔楼的墙壁上有很多突起物,易于攀爬。他们是有意做成这样让他

能够爬进去的。

房间正像在游戏里的一样。安德记得很清楚，他扫视着地板，看能不能找到那条毒蛇，但地板上只有一张毯子，它的一角上绣着一个蛇头。他们只是在模仿，而不是复制，对于这些没有艺术细胞的种族来说，他们做得相当不错。他们一定是从安德的记忆里抽出了这些图像，他们穿越了几个光年的距离找到了他，研究了他脑中最可怕的恶梦。但这是为什么呢？为了把他带到这个房间，当然没错。还是给他留下了信息？但那些讯息在哪里？他又怎能理解它呢？

墙上仍然挂着那面镜子。它由一片灰暗的金属制成，里面刮出了一张粗糙的人脸。他们试图描绘出我在游戏里见到的场景。

安德看着这面镜子，想起自己曾经打破了它，将它从墙上拔了出来，然后一堆毒蛇从隐藏之处冲出来袭击他，用它们的毒牙撕咬着他。

他们能对我了解到什么程度，安德很想知道。他们知道我常常想着死亡吗？他们知道我并不害怕它吗？他们知道就算我害怕死亡，它也不能阻止我将这面镜子从墙上拔出来吗？

他走向镜子，将它拿开放到一边。没有毒蛇冲出来，它后面只是一个空穴，里面摆放着一个白色丝茧，少许被磨损的丝线散落得到处都是。这是一只蛋？不。它是一个母后的虫蛹，已经和幼小的雄性虫人交配过，它正准备孵化，繁衍出数十万的新虫族，包括少量的母后和大量的雄性虫人。安德可以看到长得像鼻涕虫一样的雄性虫人黏附在黑暗过道的墙上，而成年的虫人正把刚出生的母后送到繁殖室；每个雄性虫人依次与她交配，他们入神地抽搐着身体，然后死去，掉落在过道的地板上干枯萎缩。尔后，新母后躺在老母后面前，神情高贵，身上覆盖着两片微微发亮的羽翼，虽然它们已经一早失去了飞翔的功用，但它依然象征着权威与尊严。

老母后吻了吻她，在她的嘴唇上粘上了一些软性毒药，使她陷入了沉睡，然后用羽丝绕着她的腹部包裹起来。老母后命令她取代自己，去带领一个新的城市，一个新的世界，繁衍出更多的母后和更多的世界。

# 25.《美国众神》

☞ 作者:[英]尼尔·盖曼

☞ 译者:戚林

☞ 推荐版本:四川科学技术出版社 2006 年版

## 作者简介

尼尔·盖曼

尼尔·盖曼(1960～　),是近十年来欧美文坛崛起的最耀眼明星,被视为"新一代幻想文学的代表作家之一"。其创作领域,横跨幻想小说、科幻小说、恐怖小说、儿童小说、漫画以及歌词。作品不但部部畅销,更获奖无数。恐怖小说大师斯蒂芬·金称赞他是一个"装满了故事的宝库"。批评家们认为,他"创造了一部超越性的现代神话,为世界文学之林增添了从未有过的奇异光彩"。

主要作品有《睡魔》、《好兆头》、《乌有乡》、《星尘》、《卡萝兰》、《绿字的研究》、《蜘蛛男孩》、《坟场之书》等。

## 内容精要

故事描写了影子在穿越美国心脏地带的历险。

影子因重伤害罪被判入狱，服刑三年后，被提前两天释放出来为他妻子劳拉的死奔丧。本来的影子只是想在出狱后，可以回到妻子身边，恢复以前的生活。但现在妻子死了，而且是和影子最好的朋友一起死于一场车祸，二人在影子服刑期间产生了私情。所以，恢复生活的梦想也就成为了泡影。

《美国众神》中文版封面

影子实际上是一个心地善良，还会要些小骗术的人，虽然并不是十全十美，但也非常可爱。失去了家庭、妻子、朋友，当然也没有工作，影子只能像一个幽灵一样，漫无目的地在世间游荡。就在他彷徨之际，一个陌生人来到了他的身边，他有一个奇怪的名字，叫星期三。星期三不但给了影子一份工作，而且对影子的一切都了如指掌。他让影子当自己的保镖，陪着他，漫游美国。

二人上路后，影子逐渐发现，星期三并不是普通的老头，而他们游历的美国也不完全是现实中的美国。星期三似乎有一种能看透现实、挖掘

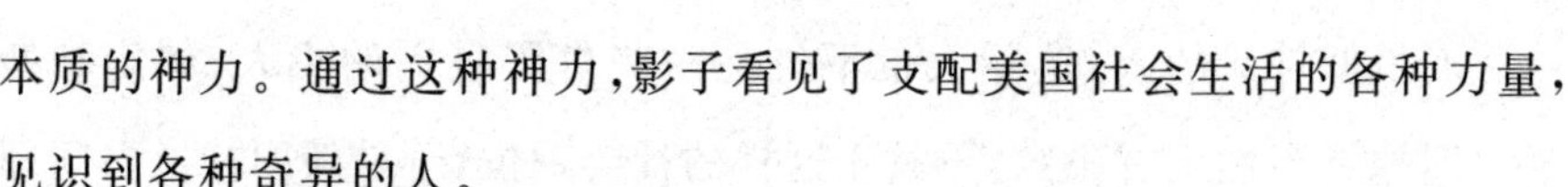

本质的神力。通过这种神力,影子看见了支配美国社会生活的各种力量,见识到各种奇异的人。

实际上,星期三是一个名叫奥丁的古神。他于公元9世纪怀着早期维京探险者的挪威梦想,随“五月花”号来到了美洲海岸,与其他来到美国的众多神祇一起,开辟了美国的文明,创立了先进的制度。北欧人、阿拉伯人、埃及人、中国人、非洲人、爱尔兰人……在数万年间,神灵随着凡人的移民浪潮来到了美国,他们享受着凡人的献祭,庇护他们,让他们能够得以在美国生存和发展。这些神灵造就了美国,造就了美国的历史,最终使年轻的美国成为世上最强大国家。

在旅程中,影子遇到了主神奥丁的兄弟、狡诈之神洛奇,埃及的圣猫女神——巴斯特,爱尔兰的疯狂斯文尼,斯拉夫的黑暗与死亡之神琴泽诺博格,来自西非的骗术之神南西,印度教的毁灭之神伽梨,埃及神话中的冥界之神阿努比斯,盎格鲁－撒克逊神话中的黎明之神伊斯特等众多神祇。现在,他们的名字已经鲜少出现在现代人的生活之中,只能在少数折中主义学者收集的关于神学的书籍中找到他们的身影。尽管以前人们是那样的崇拜他们,但他们还是被人们遗忘了。人们已经很久不信仰他们、祭祀他们。因而他们都十分虚弱,神力下降,仅能引导一些弱小的生命,和凡人基本没有差别。

在现代生活中,由于人们对现代仪式和日常用品的依赖,新一代神灵逐渐成长起来。他们是高科技之神、电视之神、互联网之神。他们支配着现代美国人的生活,人们对他们顶礼膜拜,忘记了过去的神灵。而旧神灵由于失去了人类的崇拜,逐渐失去神力,落入了社会的底层,沦为了妓女、出租车司机、屠夫、开殡仪馆工作人员等。他们在犯罪时,也只能接受法律的制裁。

而信仰神灵的人，实际上也不过是一些口蜜腹剑的小人，如唐和斯通。旧神灵当然不甘失败，不甘于这样的社会地位，于是新旧神灵之间即将展开一场地位的激烈争夺。而且，胜者将会获得远远超过敌手的崭新活力和力量。星期三当然不想放过这个机会。在影子的帮助下，星期三将散布在美国境内的旧神灵集合起来，为决战做准备。一场新旧神灵的大战即将爆发。

影子一直困惑于自己在这场大战中所扮演的角色。他的妻子，劳拉的鬼魂一再地出现在影子关于葬礼与死亡的梦境中，给他以暗示，帮助他摆脱困境。慢慢的，影子逐渐意识到了自己的身份，知道了自己的使命。同时，影子也成为新旧神灵争夺的焦点……

有读者说，“读《美国众神》是一种享受。”《美国众神》说的是主人公离开监狱后，在美国大陆旅行过程中的奇遇。在旅行中，主人公与生活在美国土地上的各种神祇相遇，引发了精彩动人的故事，描绘了一幅人神共存的当代美国世俗生活图，让读者从一个新的侧面理解美国精神。小说中所描述的两个系统，是有着象征意义的。旧神系统可以说是美国崛起之前的文明的象征，而新神系统则是当代美国社会的象征，它拥有强大的军事和进的科技，当然还包括那些精神产品，比如电视。随着媒体的强大攻势和广泛传播，美国精神已经遍及世界的每个角落。

《美国众神》具有悬疑小说、侦探小说，爱情小说、历史小说、奇幻小说、科幻小说的特点，它不仅是通俗文学，还是属于主流文学。有人认为《美国众神》是一部现代神话。作品中的很多描述和对白已经成为了经典。

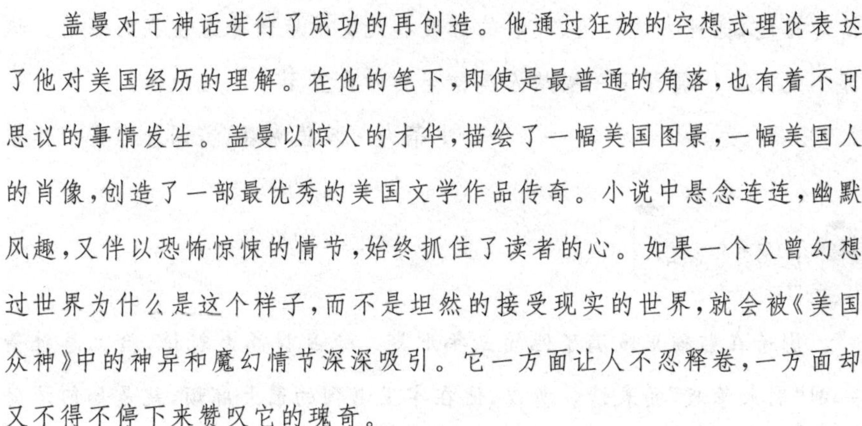

盖曼对于神话进行了成功的再创造。他通过狂放的空想式理论表达了他对美国经历的理解。在他的笔下,即使是最普通的角落,也有着不可思议的事情发生。盖曼以惊人的才华,描绘了一幅美国图景,一幅美国人的肖像,创造了一部最优秀的美国文学作品传奇。小说中悬念连连,幽默风趣,又伴以恐怖惊悚的情节,始终抓住了读者的心。如果一个人曾幻想过世界为什么是这个样子,而不是坦然的接受现实的世界,就会被《美国众神》中的神异和魔幻情节深深吸引。它一方面让人不忍释卷,一方面却又不得不停下来赞叹它的瑰奇。

——《今日美国》

让读者一口气读下去、无法放弃的作品。

——《华盛顿邮报》

盖曼有一枝无比灵活的笔,最善于以神话撩拨、刺激读者,是杰出、风趣的说书人。

——《纽约时报》

尼尔·盖曼拥有罕见的洞察力和无尽的想象力,是英国的瑰宝,而现在,又同样成为美国的瑰宝。

——威廉·吉布森,著名科幻作家,《神经浪游者》的作者

神异、嘲讽、性、恐怖,加上诗歌一般优美的文字,以这些手段,《美国众神》让读者一捧读便不忍释手。

——《华盛顿邮报书评版》

《美国众神》近于奇迹。在这部小说中,盖曼讲述了一个最不可思议、最离奇的神话故事,采用的偏偏是最能取信于人的叙述方式。一部杰作。

——乔纳森·卡洛尔,美国著名奇幻作家

最锋利的洞察力,优美如诗歌的文体——以此为工具,尼尔·盖曼无

情地掘进，把死去的神灵、死去的金钱和死去的感情暴露在我们眼前。这部小说为我们展开了一幅从人类初生的时代直至今天的地图。

——史蒂夫·埃里克森，美国著名奇幻作家

影子在监狱里服满了他的三年刑期。他身材高大魁梧，脸上总挂着一副“别来惹我”的表情。所以，他在牢里遇到的最大麻烦，就是如何消磨时间。他花了不少时间健身，保持体形，还自学用硬币变戏法，除此之外就是不停地思念他心爱的妻子。

在影子看来，被关在监狱里最大的好处，也许是唯一的好处，就是让他产生了一种真正的解脱之感。随着时间推移，这种感觉变得越来越强烈。他再也不必为有人要抓他而担心，因为他已经被抓住了；他再也不必为明天将发生什么事而恐惧，因为明天肯定过得和昨天一模一样。

至于你究竟干没干给你判罪的事，这倒不打紧，影子想。以他的经验，监狱里遇见的每一个人似乎都因为某些事愤愤不平。全是老一套：执法机构弄错了，他们说你做了什么事，其实你没做；或者你干的事和他们说的不太一样。但是，真正重要的只有一点：他们抓到你了。

进来的最初几天，他就发现了这一点。那时候，从监狱本身到牢里的饭菜，对他来说，一切都是全新的。尽管因为失去自由而无比痛苦，全身上下流淌着恐惧，他仍然有一种得到解脱的轻松感。

影子尽力别说得太多。但到了第二年年中的时候，他还是对他的同室狱友洛基·莱斯密斯提到了这种解脱之感。

洛基是一个来自明尼苏达州的骗子，他咧开带着伤疤的嘴，露出笑容。“没错，”他说，“你说得对。如果被判了死刑，解脱得就更彻底了。那

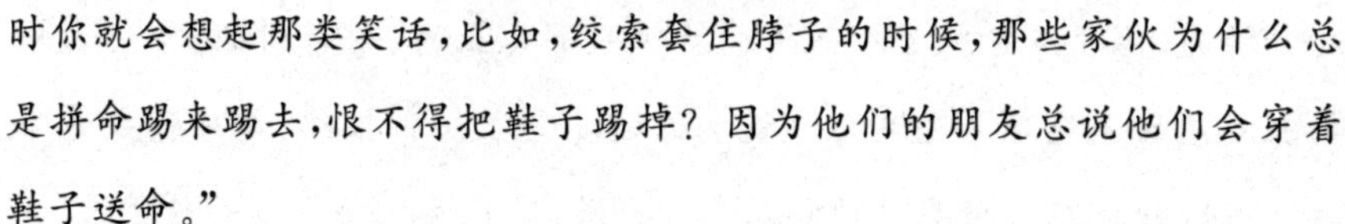

时你就会想起那类笑话，比如，绞索套住脖子的时候，那些家伙为什么总是拼命踢来踢去，恨不得把鞋子踢掉？因为他们的朋友总说他们会穿着鞋子送命。”

“这算什么笑话？”影子问。

“当然是了，关于绞刑架的笑话才是最棒的笑话。”

“这个州上一次是什么时候处死犯人的？”影子问。

“见鬼，我怎么知道？”莱斯密斯一头橙金色的头发剃得短短的，短得可以看见头骨的轮廓。“告诉你吧，只要停止吊死犯人，这个国家就离完蛋不远了。没有绞刑架带来的恐惧，就没有绞刑架带来的公正。”

影子耸耸肩，他可看不出死刑有什么浪漫的地方。

只要没判死刑，他想，监狱就只是生活的暂时中止。这么说有两个原因；第一，在这里，生活不是前进，而是向下爬行。够你爬一气的，你就爬着活下去吧。第二，只要你在里头撑住不垮掉，他们总有一天会放你出去的。

服刑最初的日子里，未来的自由生活对影子来说实在太遥远，根本无法聚焦、想象。后来，自由慢慢变成来自远方的一束希望之光。他学会了一招，每当遇到什么狗屁恶心事时(监狱里总少不了这种事)，他就告诉自己“这一切都会过去的”。总有一天，那道通向自由的充满魔力的大门将在他面前敞开，让他通过。他在自己的北美鸣禽日历(监狱商店只卖这种日历)上一天天划掉度过的日子，完全不注意日出日落。他从监狱图书馆的废书堆里翻出一本书，跟着上面教的自学用硬币变戏法。他还在心里列了个清单，排列出出狱后打算做的事。

随着时间推移，影子的清单越来越短。两年之后，他的清单缩减到只剩下三项内容。

首先，他要好好洗上一个热水澡。一个真正的、长时间的、在浴盆中彻底浸泡的泡泡浴。洗澡的时候也许还要读上一份报纸，也许什么都不做。有时候他想象用某一种方式洗这个澡，过几天又换了另一种方式。

然后，他要把自己全身擦干净，穿上一件浴袍，也许还要穿上一双拖鞋。穿拖鞋这个想法他很喜欢。如果他抽烟的话，这个时候就要点上一支雪茄，可惜他从不抽烟。他会轻轻抱起妻子。（"狗狗，"她会假装害怕地尖叫，其实心里很高兴，"你干什么呀?"）他会把她带进卧室，关上房门不出来，饿了的话打电话订比萨饼吃。

最后，几天之后，和劳拉从卧室里出来之后，他会低下脑袋，老老实实做人，耐着性子，老老实实过日子，在他的余生里永远远离任何麻烦。